VIDEO GIRL AÏ

VOLUME 7

LA RÉAPPARITION

MASAKAZU KATSURA

ISBN 2 - 910 645 - 00 - 2 - ISBN 2 - 910645 - 14 - 2
ISBN 4 - 08 - 871 807 - 0 C 0279 Ed. originale

LES PERSONNAGES

Yota

Yota ne s'en est pas rendu compte, mais son attitude a changé depuis quelques temps. Son caractère s'est affirmé et il est capable de plus en plus de prendre sa vie en main, car ses "expériences" successives avec Moémi, Aï, Nobuko et Natsumi l'ont malgré tout rendu confiant. Malheureusement, si il a réussi à trouver cette confiance qui lui faisait si cruellement défaut, il est toujours aussi incapable de gérer ses choix amoureux. Profondément, Yota est un idéaliste qui voudrait aimer toutes les filles parce qu'il les trouve toutes dignes d'être aimées, mais qui n'arrive jamais à en aimer une vraiment. Il va falloir que Moémi soit la victime d'une sauvage agression pour que Yota prenne conscience de plusieurs choses...

Aï

Aï a réussi, grâce à l'aide de Natsumi et à l'intervention de Yota, à vaincre Maï, la video girl envoyée par Koto pour la détruire. Après avoir, pendant longtemps, encouragé Yota (c'était sa première fonction, en tant que video girl), et suite à ses remises en fonction successives, Aï a affiné son caractère et, même si son amnésie l'a bien embarrassée au début, elle a retrouvé une partie de ses capacités originelles de video girl. Elle va mettre celles-ci à rude épreuve pour réussir à honorer les clauses du pacte que Koto lui a proposé. Aï sera t-elle prête à vraiment tout pour que Yota soit heureux ou, pour une fois, va t-elle faire passer ses intérêts avant ceux des autres ?

Moémi

Moémi est toujours aussi amoureuse de Takashi qu'avant. Elle souffre et n'arrive pas à voir quel est son vrai caractère et, malgré les mises en garde de Yota, elle finit toujours par retourner vers lui. Elle lui fera confiance aveuglément, quoi qu'il arrive et, malheureusement, fera les frais de l'attitude négligente qu'il manifeste envers elle et à laquelle elle est habituée. Il est grand temps que moémi réussisse à lire clairement dans le cœur des gens et, surtout, dans le sien...

Takashi

La personnalité de Takashi est plus que difficile à cerner. Capable du meilleur comme du pire, il est tour à tour généreux ou indifférent, et il semble cacher une nature fragile et torturée derrière un flegme quasi-british (mais les japonais ont aussi ce type de flegme apparent, qui souvent cache aussi une nature passionnée). Takashi ne semble jamais avoir pris très au sérieux son histoire avec Moémi. Rappelons qu'à l'origine c'est Yota qui les a plus ou moins jetés dans les bras l'un de l'autre. Aujourd'hui, toute cette histoire semble terriblement lui peser et il est prêt à tout faire pour se débarrasser de Moémi..

VIDEO GIRL AÏ

VOL. 7

SOMMAIRE

CHAPITRE 55

UN MIRACLE SOUS CONDITION

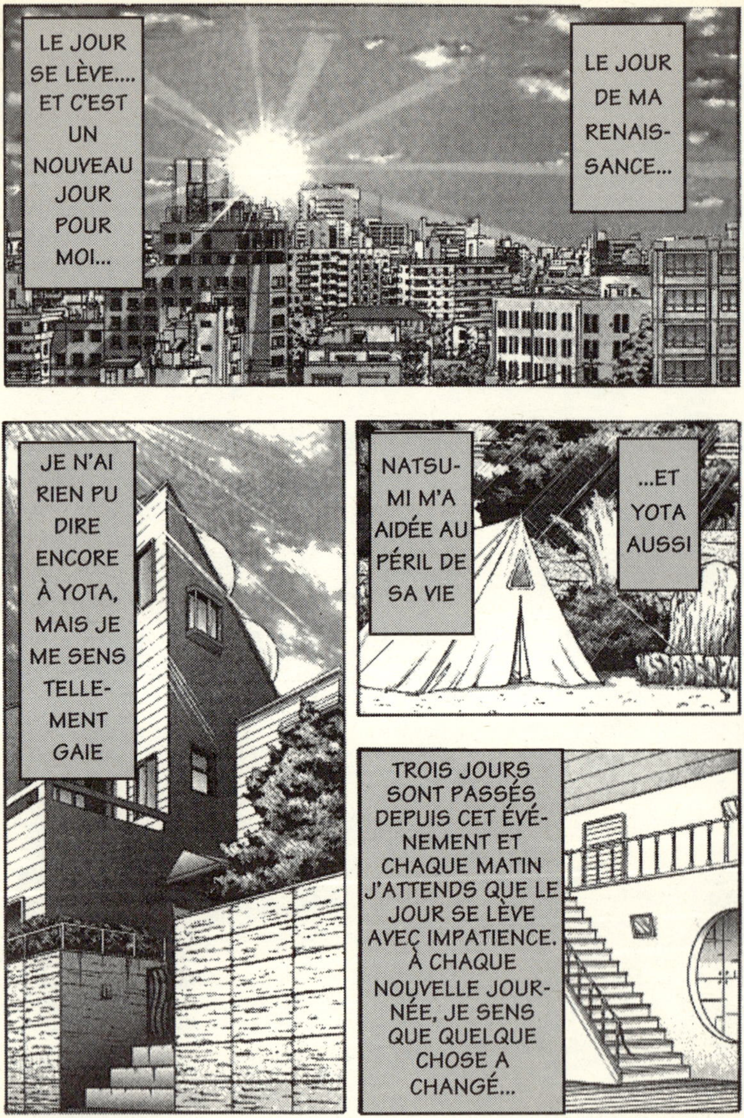
LE JOUR SE LÈVE.... ET C'EST UN NOUVEAU JOUR POUR MOI...
LE JOUR DE MA RENAIS-SANCE...
JE N'AI RIEN PU DIRE ENCORE À YOTA, MAIS JE ME SENS TELLE-MENT GAIE
NATSU-MI M'A AIDÉE AU PÉRIL DE SA VIE
...ET YOTA AUSSI
TROIS JOURS SONT PASSÉS DEPUIS CET ÉVÉ-NEMENT ET CHAQUE MATIN J'ATTENDS QUE LE JOUR SE LÈVE AVEC IMPATIENCE. À CHAQUE NOUVELLE JOUR-NÉE, JE SENS QUE QUELQUE CHOSE A CHANGÉ...

DRIIING!!!
NNNN...
CLIC
OUAAAAAHHH...
M

BAH... OÙ EST-IL ?!
YOTAAAAA!
SON LIT EST ENCORE CHAUD ...
J'AI VRAIMENT BIEN FAIT D'EN ACCEPTER LES CONDITIONS...
LE SEUL FAIT DE POUVOIR SENTIR LA CHALEUR DE SON LIT EST UN VRAI MIRACLE POUR MOI...

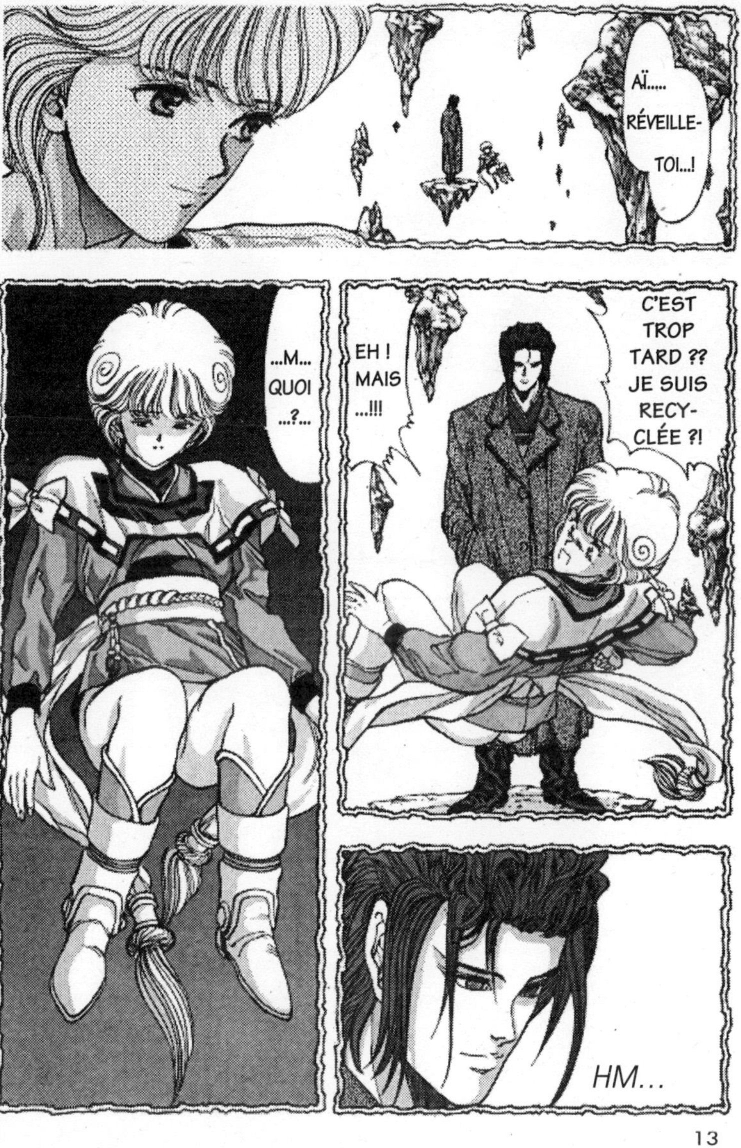
AÏ..... RÉVEILLE-TOI...!
C'EST TROP TARD ?? JE SUIS RECY-CLÉE ?!
EH ! MAIS ...!!!
...M... QUOI ...?...
HM...

TU AS FINALEMENT RÉUSSI À VAINCRE MAÏ, BRAVO ! TU ES UN SUJET À ÉTUDIER, AUCUN DOUTE... RESTE CALME CAR JE N'AI AUCUNE INTENTION DE T'ÉLIMINER ...
AH...?
QU'EST-CE QUE TU MIJOTES ?! SI TU COMPTES M'UTILISER...
JAMAIS JE NE TE LAISSERAI M'UTILISER ! PLUTÔT MOURIR !!
MESURE TES PAROLES, OU TU LE REGRETTERAS...!
MOURIR ? MAIS, AÏ, TU N'AS JAMAIS ÉTÉ VIVANTE... TU N'AS RIEN À VOIR AVEC UN ÊTRE HUMAIN. TU NE DEVRAIS PAS PRENDRE TOUT ÇA DE HAUT CAR, LA VÉRITÉ, C'EST QUE TU MEURS D'ENVIE DE RETROUVER YOTA...
ET IL M'EST VENU LA SUBITE ENVIE DE RÉALISER CE VŒU AUQUEL TU ASPIRES TANT..........

QUOI...?
MAIS, BIEN SÛR, IL Y A UNE CONDITION À CELA...
HM... VAS-Y... DIS-MOI...
TU DOIS TE FAIRE AIMER D'UN GARÇON, ET FORMER UN COUPLE UNI
TA REPROGRAMMATION ARRIVERA À TERME BIENTÔT. C'EST UN FAIT INÉLUCTABLE
ALORS, METS CHAQUE INSTANT À PROFIT POUR RÉALISER CE QUE J'EXIGE DE TOI...
C'EST... C'EST ÇA TES CONDITIONS ...?

....
SI TU N'ARRIVES PAS À REMPLIR CETTE MISSION, TU DISPARAÎTRAS NATURELLEMENT
MAIS, SI TU RÉUSSIS À TE FAIRE AIMER SINCÈREMENT D'UN GARÇON...
COMME JE NE SAURAI PAS QUOI FAIRE D'UNE VIDEO GIRL DÉFECTUEUSE...
J'AI DÉCIDÉ À CE MOMENT LÀ... DE TE RENDRE HUMAINE
BIEN SÛR, EN AUCUN CAS TU NE DEVRAS INFORMER QUI QUE SOIT DE CE PACTE... CELUI-CI DEVIENDRAIT CADUC ET JE TE RÉCUPÉRERAI

J'AI FINALEMENT OBTENU CE QUE JE DÉSIRAIS, PLUS QUE TOUT... KOTO N'EST FINALEMENT PEUT-ÊTRE PAS AUSSI MAUVAIS QUE JE LE PENSAIS...
JE NE VOIS QU'UN SEUL GARÇON DONT JE POURRAIS ME FAIRE AIMER. C'EST YOTA...
JE N'AI PLUS BESOIN DE REFOULER MES SENTIMENTS POUR LUI. JE VAIS POUVOIR LUI DONNER LE MEILLEUR DE MOI-MÊME
QUELLE IMPRESSION CELA FAIT-IL D'ÊTRE HUMAIN ?
JE SERAIS TELLEMENT HEUREUSE DE POUVOIR ÊTRE HUMAINE, AUX CÔTÉS DE YOTA
ON DOIT SE SENTIR COMME CE CIEL...
ON DOIT SE SENTIR LIBRE...
DAN
DAN
DAN
!

ATTAQUE AÉRIENNE !!
!
PFUAHH...
BOM !
GH !!
T'ES MALADE OU QUOI ?! J'AI DÉJÀ LA MOITIÉ DES OS EN BOUILLIE !
IAH !
AAAAAÏÏEEEE!!!
LA FAUTE À QUIIIII ??!!!!!
OH...! MON PAUV' PAPY...! IL A BIEN DES MAL-HEURS ...

À MOI !
À MOI !
VVSHH !!
HM
AÏE !
BOMF !
IMBÉCILE ! TU M'AS ÉCRASÉ MON PETIT NEZ !
POUR CE QUE ÇA CHANGE ! AHAHAHAAAA !
M
HM...
MAIS, DIS ! IL N'Y A PAS QUE TON NEZ QUI SOIT DEVENU TOUT ROUGE. À QUOI PENSES-TU ?

HOHO ! REGARDEZ-LA QUI JOUE LES PETITES INGÉNUES
C'EST QUE... TU ES À MOITIÉ NU.... ALORS...
TU TE MOQUES DE MOI... MAIS, JE SUIS UNE FILLE SENSIBLE, MOI...
GGR...GRGRR...
TON HYPOCRISIE ME DONNE DE L'URTICAIRE ! TOI, TU TE PAVANES EN CULOTTE DEVANT MOI ET MAINTENANT, TU JOUES LES SAINTE-NITOUCHES ...!

HÉ HÉ !
MALGRÉ TES GRANDS AIRS, TU NE M'AS PAS TOUJOURS PARLÉ COMME ÇA !
J'AI DES SENTIMENTS POUR TOI... JE VOUDRAIS POUVOIR RESTER AVEC TOI TOUTE MA VIE...
DE QUOI TU PARLES ?! TU DÉLIRES !!
UNE CRISE D'AMNÉSIE SUBITE ? ÇA ARRIVE SOUVENT AUX GARÇONS DANS TON GENRE...
ALLEZ ! DIS-LE MOI ENCORE UNE FOIS...!
AÏ... MAIS ...
BO-BOM !! BO-BOM !! BO-BOM !!

DRRRIIIIIING !!
DRRING !
AH... J'ATTENDS UN COUP DE FIL...!
EH
ALLÔ ! OUI ?
AH, SALUT !
EN RÉALITÉ, IL EST VRAIMENT TIMIDE. JE LE TROUVE CHARMANT !
JE PENSE QUE NOUS AVONS DE BONNES RELATIONS, LUI ET MOI... PEUT-ÊTRE QU'EN ALLANT PLUS LOIN...
SI NOUS ARRIVONS À ÊTRE ENSEMBLE JE POURRAIS ENFIN DEVENIR HUMAINE. LE PACTE QUE KOTO M'A IMPOSÉ N'EST PAS UNE GRANDE CONTRAINTE... LOIN DE LÀ...

D'AC-CORD... À PLUS TARD...
CLAC
C'ÉTAIT MOÉMI, ELLE EST BIZARRE ...
ELLE M'A DIT QU'ELLE AVAIT RENDEZ-VOUS AVEC TAKASHI MAIS QU'ELLE VOULAIT QUE JE VIENNE AUSSI ...
TU VAS Y ALLER ?
...ET POUR-QUOI J'IRAIS ?!
ILS SE SONT RÉCONCILIÉS... ET JE TROUVE ÇA TRÈS BIEN. JE N'AI PAS ENVIE DE LES DÉRANGER
AHHH...! MOI AUSSI J'AI-MERAIS BIEN POUVOIR SOR-TIR AVEC UN GARÇON ...
J'AVAIS DIT "J'AU-RAIS VOULU ..."
BAH... ET, ALORS ?
QUOI ?! QU'EST-CE QUE TU RACON-TES ?

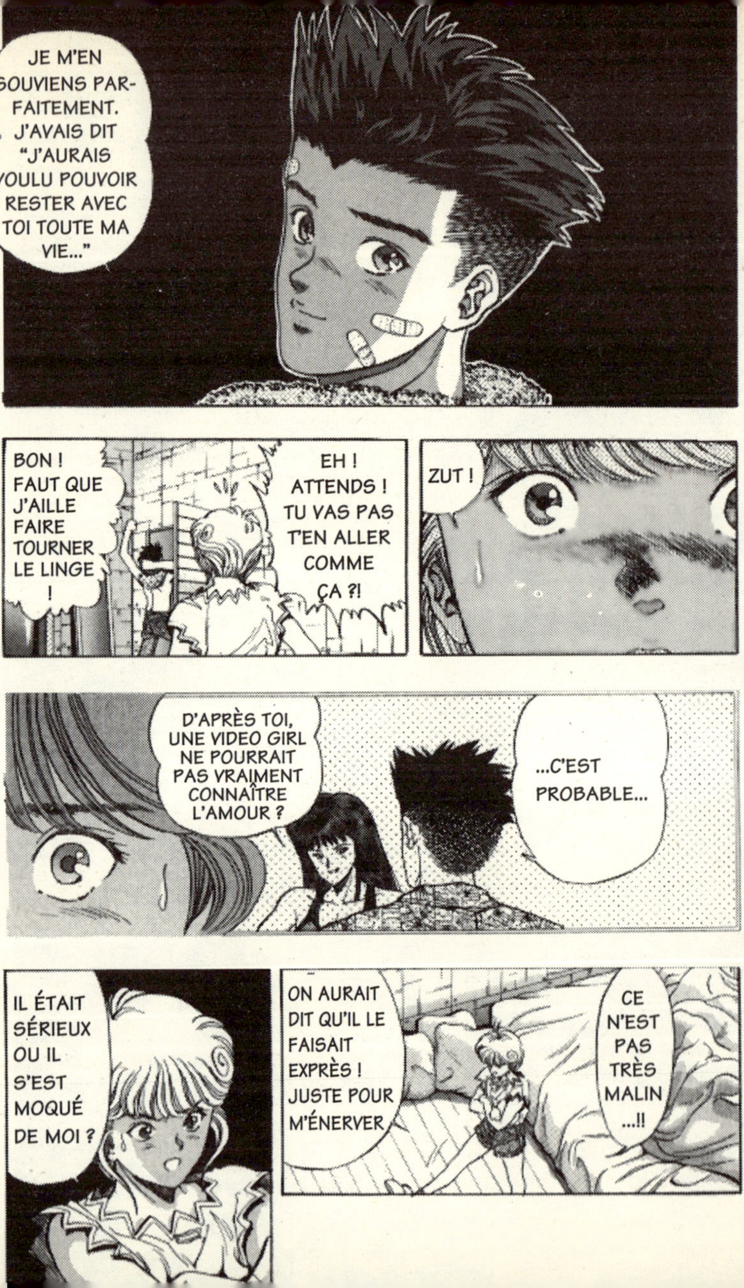
JE M'EN SOUVIENS PAR-FAITEMENT. J'AVAIS DIT "J'AURAIS VOULU POUVOIR RESTER AVEC TOI TOUTE MA VIE..."
BON ! FAUT QUE J'AILLE FAIRE TOURNER LE LINGE !
EH ! ATTENDS ! TU VAS PAS T'EN ALLER COMME ÇA ?!
ZUT !
D'APRÈS TOI, UNE VIDEO GIRL NE POURRAIT PAS VRAIMENT CONNAÎTRE L'AMOUR ?
...C'EST PROBABLE...
IL ÉTAIT SÉRIEUX OU IL S'EST MOQUÉ DE MOI ?
ON AURAIT DIT QU'IL LE FAISAIT EXPRÈS ! JUSTE POUR M'ÉNERVER
CE N'EST PAS TRÈS MALIN ...!!

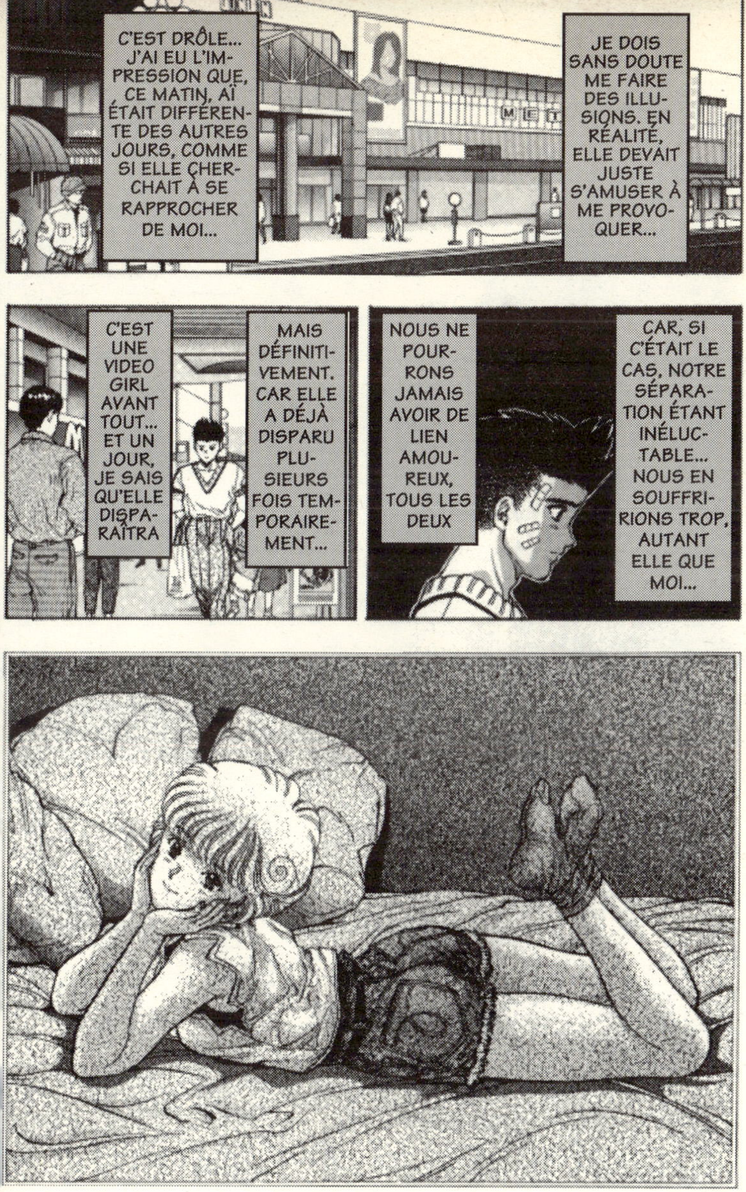
C'EST DRÔLE... J'AI EU L'IMPRESSION QUE, CE MATIN, AÏ ÉTAIT DIFFÉRENTE DES AUTRES JOURS, COMME SI ELLE CHERCHAIT À SE RAPPROCHER DE MOI...
JE DOIS SANS DOUTE ME FAIRE DES ILLUSIONS. EN RÉALITÉ, ELLE DEVAIT JUSTE S'AMUSER À ME PROVOQUER...
C'EST UNE VIDEO GIRL AVANT TOUT... ET UN JOUR, JE SAIS QU'ELLE DISPARAÎTRA
MAIS DÉFINITIVEMENT. CAR ELLE A DÉJÀ DISPARU PLUSIEURS FOIS TEMPORAIREMENT...
NOUS NE POURRONS JAMAIS AVOIR DE LIEN AMOUREUX, TOUS LES DEUX
CAR, SI C'ÉTAIT LE CAS, NOTRE SÉPARATION ÉTANT INÉLUCTABLE... NOUS EN SOUFFRIRIONS TROP, AUTANT ELLE QUE MOI...

ET PUIS, JE GARDE UN SOUVENIR TRÈS VIVACE DE TOUT NOTRE PASSÉ ENSEMBLE
AÏ, À CAUSE DE SON AMNÉSIE, A DÛ OUBLIER À QUEL POINT IL A ÉTÉ DIFFICILE D'ÊTRE SÉPARÉS, LORS DE SA PREMIÈRE DISPARITION
NOUS NE DEVRIONS MÊME PAS VIVRE ENSEMBLE... MÊME EN RESTANT AMIS NOUS ALLONS FINIR PAR TROP NOUS ATTACHER L'UN À L'AUTRE
D'UN AUTRE CÔTÉ, TOUT CE QU'ELLE ENDURE EST DE MA FAUTE, ALORS JE ME DOIS DE L'AIDER
IL FAUT ABSOLUMENT FAIRE EN SORTE QUE NOS LIENS D'AMITIÉ NE DÉRIVENT PAS VERS AUTRE CHOSE...
MAIS ...!!
ALFIO

C'EST MOÉMI ! TAKASHI A DÛ LUI DONNER RENDEZ-VOUS ICI, À KICHIJOJI... JE VAIS LUI DEMANDER SI ELLE A PASSÉ UNE BONNE APRÈS-MIDI...
!?
MOÉMI, QUE SE PASSE T-IL...?!
SANS QUE JE M'EN RENDE ALORS COMPTE, UN ÉTRANGE SENTIMENT M'ENVAHIT
UNE CERTAINE NOSTALGIE DU PASSÉ QUI REMONTAIT À LA SURFACE DE MON ESPRIT...

CHAPITRE 56

IMAGES

MAD CAPSULE HOTEL
2510 RECORDS
JE NE SAIS PAS QUOI FAIRE ! EST-CE QUE JE DEVRAIS ALLER LUI PARLER ? ELLE RISQUE DE TROUVER ÇA BIZARRE QUE J'ARRIVE PILE À CE MOMENT LÀ. ELLE VA CROIRE QUE JE L'AI SUIVIE... ET PUIS, SI ELLE SAIT QUE JE L'AI VUE PLEURER, ÇA RISQUE DE LA CONTRARIER ENCORE PLUS... ALORS...

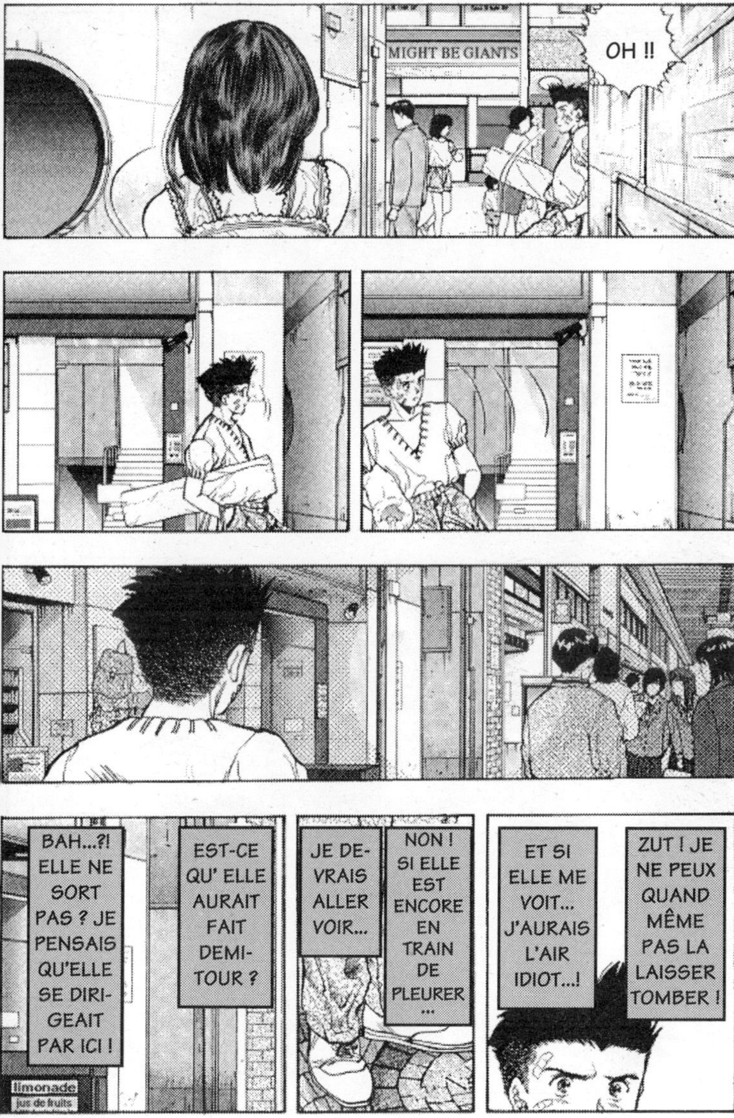
MIGHT BE GIANTS
OH !!
BAH...?! ELLE NE SORT PAS ? JE PENSAIS QU'ELLE SE DIRIGEAIT PAR ICI !
EST-CE QU' ELLE AURAIT FAIT DEMI-TOUR ?
JE DEVRAIS ALLER VOIR...
NON ! SI ELLE EST ENCORE EN TRAIN DE PLEURER...
ET SI ELLE ME VOIT... J'AURAIS L'AIR IDIOT...!
ZUT ! JE NE PEUX QUAND MÊME PAS LA LAISSER TOMBER !
limonade
jus de fruits

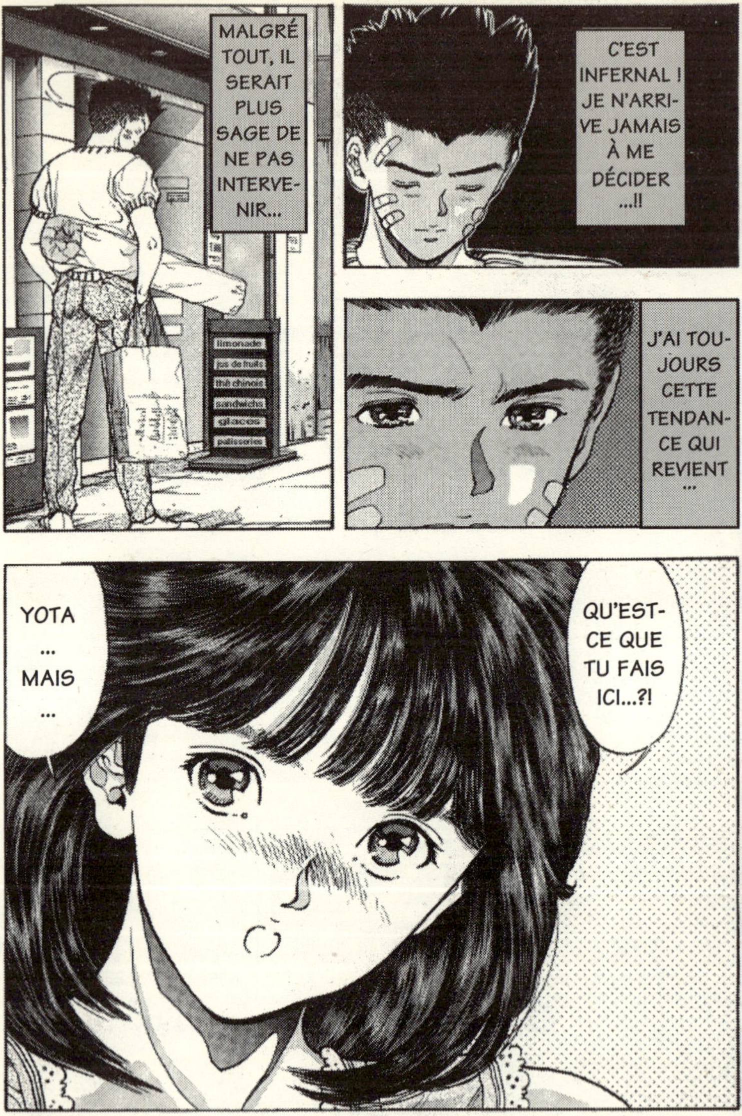
MALGRÉ TOUT, IL SERAIT PLUS SAGE DE NE PAS INTERVE-NIR...
limonade
thé chinois
sandwichs
glaces
pâtisseries
C'EST INFERNAL ! JE N'ARRI-VE JAMAIS À ME DÉCIDER ...!!
J'AI TOU-JOURS CETTE TENDAN-CE QUI REVIENT ...
YOTA ... MAIS ...
QU'EST-CE QUE TU FAIS ICI...?!

VRAIMENT, ÇA NE SERT À RIEN QUE JE ME TORTURE LES MÉNINGES...! LES CHOSES NE SE PASSENT JAMAIS COMME JE PEUX LES PRÉVOIR...
JE N'AI QUE CE QUE JE MÉRITE...
C'EST BIEN LES FILLES, ÇA ! SI JE NE L'AVAIS PAS VUE PLEURER, JE N'AURAIS JAMAIS PU M'EN DOUTER
ET DEUX MINUTES PLUS TARD, NOUS DISCUTIONS DE CHOSES ET D'AUTRES ET ELLE RIAIT DE BON CŒUR
J'AI BIEN PEUR QUE LES FILLES RESTENT ENCORE UN MYSTÈRE POUR MOI... POUR UN BON BOUT DE TEMPS...
...SANS QUE JE M'EN APERÇOIVE, NOUS ÉTIONS ARRIVÉS DEVANT LE PARC OÙ NOBUKO M'AVAIT DONNÉ RENDEZ-VOUS, ET OÙ NOTRE HISTOIRE S'ÉTAIT FINALEMENT ACHEVÉE...
AUJOURD'HUI, JE ME TROUVAIS DANS LE MÊME LIEU, MAIS AVEC UNE AUTRE FILLE...
CE N'ÉTAIT PAS UN HASARD CAR MOÉMI AVAIT ENVIE DE VENIR DANS CE PARC...
ELLE S'Y SENTAIT AU CALME, ET ELLE EN AVAIT BIEN BESOIN...

QUELLE TRAN-QUILI-TÉ...
C'EST VRAI
MOÉMI, JE ME DEMAN-DE COM-MENT TU PEUX AUSSI BIEN CA-CHER TES ÉMOTIONS...
MAIS MAL-GRÉ TON AIR RÉJOUI, EN T'OBSER-VANT MIEUX, ON POUR-RAIT RE-MARQUER QUELQUE CHOSE...
PAR EXEMPLE, QUE TES YEUX SONT ENCORE UN PEU ROUGES ET GONFLÉS...
IL EST DONC ÉVIDENT QUE TU AS PLEURÉ ...

QU'EST-CE QUE J'AI ?! POURQUOI TU ME RE-GARDES COMME ÇA ?!
TA-KA-SHI... QU'EST-CE QU'IL T'A DIT ?

IL M'A EMBRAS-SÉE...
QUOI ?!
ÇA T'ÉTON-NE À CE POINT LÀ...?!
EN FAIT, JE NE PENSAIS PAS QU'IL LE FERAIT UN JOUR... IL EST TELLE-MENT PEU DÉMONS-TRATIF
QUEL CRÉTIN ! POURQUOI EST-CE QUE JE M'EMBALLE AUTANT ?
BO-BOM !!
BO-BOM !!

NON, EN FAIT, CE QUI M'ÉTONNE, C'EST QUE TU ME LE DISES. JE TE CROYAIS PLUS DISCRÈTE
HEIN ?
YOTA, JE PLAISANTAIS, VOYONS !
AH BON ?!!
AHH... C'EST UNE BLAGUE, ALORS...
DOM !
TU DIS ÇA COMME SI TU ÉTAIS DÉÇU !
MAIS, QU'EST-CE QUE TU RACONTES ?!
JE SUIS PLUTÔT RASSURÉ...
TU ES UN PEU BIZARRE, YOTA
TU CROIS ...?
C'EST CE QUE JE PENSE AUSSI.

ÇA FAIT DÉJÀ UN BON MOMENT QUE JE NE PENSE PLUS À MOÉMI...
PEUT ÊTRE QUE MES RÉACTIONS SONT DES RESTES DE L'ÉPOQUE OÙ JE L'AIMAIS... RIEN DE BIEN GRAVE...
YOTA, JE ME DEMANDE BIEN CE QUE TU T'IMAGINES À MON SUJET !
ARRÊTE DE RÊVER ! JE NE SUIS PAS UNE SAINTE !
......
MOI, J'AI ENVIE QU'UN GARÇON M'EMBRASSE ...!
QUOI ?!! COMMENT ?!!
YOTA, TU NE CROIS PAS QUE TU ÉXAGÈRES UN PEU ?!
JE... JE REPENSAIS À TAKASHI... ET...
LAISSE TOMBER AVEC TAKASHI
JE N'AI VRAIMENT PAS ENVIE D'EN PARLER

J'IMAGINE QU'IL N'A PAS DÛ ÊTRE TENDRE AVEC ELLE
IL NE FAUT PAS QUE JE L'EMBÊTE AVEC ÇA...
IL NE FAUT PLUS QUE JE LUI EN PARLE...
EN RÉALITÉ...
HEIN ???
HMM ...
JE CROIS QU'ELLE EST BEAUCOUP PLUS SOLIDE QUE JE NE VEUX ME L'AVOUER...

NON, YOTA ! ÇA NE SERVIRA À RIEN !
D'APRÈS CE QUE MOÉMI M'A RACONTÉ, TAKASHI L'AURAIT INVITÉE À UN CONCERT ORGANISÉ PAR UN COPAIN À LUI...
MAIS SI !
ELLE A ACCEPTÉ ET ILS Y SONT ALLÉS ENSEMBLE. TOUT S'EST BIEN PASSÉ, MAIS À LA FIN DU CONCERT, TAKASHI A DIT À MOÉMI QU'IL DEVAIT DISCUTER AVEC SON AMI ET QU'ELLE DEVAIT RENTRER TOUTE SEULE. EN FAIT, ELLE S'EST APERÇUE QU'ILS N'AVAIENT PAS BEAUCOUP PARLÉ PENDANT LE CONCERT ET QUE LUI N'AVAIT MÊME PAS ENVIE QU'ILS RESTENT ENCORE UN PEU ENSEMBLE. SUR LE CHEMIN DU RETOUR, ELLE S'EST SENTIE TRÈS SEULE... ET TRÈS TRISTE...
IL EST GRAND TEMPS QUE QUELQU'UN PARLE À TAKASHI !!
TU SAIS YOTA, TU AS VRAIMENT CHANGÉ ...!
AH ?!

TU N'AS JAMAIS ÉTÉ LE GENRE À PRENDRE UNE FILLE PAR LA MAIN POUR L'ENTRAÎNER !
!?
C'EST VRAI ! AVANT, RIEN QUE D'EFFLEURER LA MAIN D'UNE FILLE ME METTAIT EN TRANSE...
ÇA PROUVE BIEN QUE JE N'AIME PLUS MOÉMI...
BO-BOM !!
...HEIN ?! POURQUOI EST-CE QUE MON CŒUR SE MET À BATTRE SI FORT ?!!!
BO-BOM !! BO-BOM !! BO-BOM !!
ÇA N'A AUCUN RAPPORT, BIEN SÛR... C'EST JUSTE PARCE QU'ELLE VIENT DE RÉVEILLER EN MOI CERTAINS SOUVENIRS ...!
BOBOM
TU SAIS, J'AI REMARQUÉ QUE CES DERNIERS TEMPS TU ÉTAIS DEVENU BEAUCOUP PLUS... BEAUCOUP PLUS MÛR...
AH ?

TU SAIS, TU ES TELLEMENT GENTIL ET TELLEMENT SÉRIEUX... C'EST TOI QUI DEVRAIT ÊTRE MON COPAIN !
JE NE SAIS PAS POURQUOI... C'EST AVEC... AVEC LUI QUE JE SUIS...
QU'EST-CE QUE TU RACONTES, MOÉMI ...?
!
ALLEZ ! NE FAIS PAS CETTE TÊTE ! TU ES PRIS, ET JE SUIS POUR LA PAIX DES MÉNAGES ...!
JE NE VAIS RIEN TENTER DE MALHONNÊTE ! PROMIS !!
C'EST VRAI... J'AI OUBLIÉ QUE MOÉMI N'EST PAS ENCORE AU COURANT QU'ENTRE NOBUKO ET MOI TOUT EST FINI... JE VAIS LUI EXPLIQUER CE QUI S'EST PASSÉ
BO-BOM !!
BO-BOM !!
BO-BOM !!

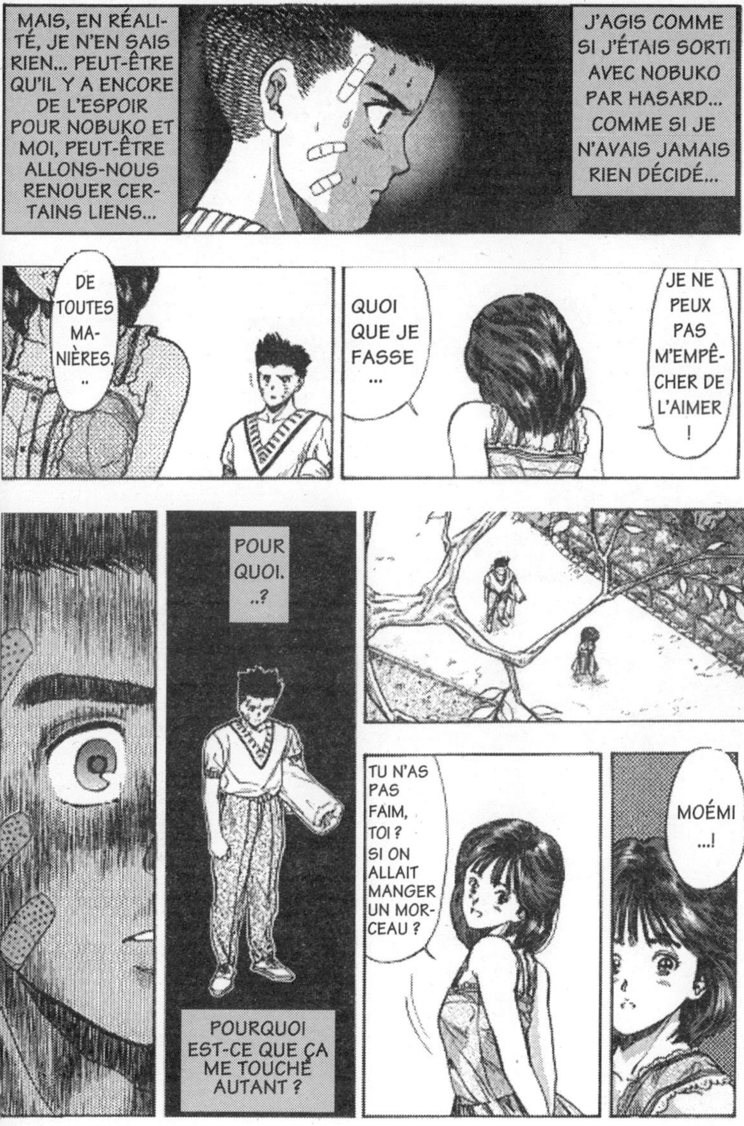
J'AGIS COMME SI J'ÉTAIS SORTI AVEC NOBUKO PAR HASARD... COMME SI JE N'AVAIS JAMAIS RIEN DÉCIDÉ...
MAIS, EN RÉALITÉ, JE N'EN SAIS RIEN... PEUT-ÊTRE QU'IL Y A ENCORE DE L'ESPOIR POUR NOBUKO ET MOI, PEUT-ÊTRE ALLONS-NOUS RENOUER CERTAINS LIENS...
JE NE PEUX PAS M'EMPÊCHER DE L'AIMER !
QUOI QUE JE FASSE ...
DE TOUTES MANIÈRES. ..
MOÉMI ...!
TU N'AS PAS FAIM, TOI ? SI ON ALLAIT MANGER UN MORCEAU ?
POUR QUOI. ..?
POURQUOI EST-CE QUE ÇA ME TOUCHE AUTANT ?

J'AVAIS OUBLIÉ QUE TU ÉTAIS MA BONNE CONSCIEN-CE
C'EST VRAI...
JE TE VOIS VENIR ! JE N'AI PAS OUBLIÉ TAKASHI !!
ELLE EST VRAI-MENT TRÈS MI-GNON-NE...
QUAND ELLE PARLE COMME ÇA, EN FAISANT LA MOUE, JE NE CONNAIS PAS UN GAR-ÇON QUI POURRAIT LUI RÉSISTER
PARCO
NON ... PAS UN SEUL ...
DESIRE
ILS M'ONT DIT QUE TAKASHI ÉTAIT EN-CORE LÀ
IL NE DEVRAIT PAS TARDER À...
!

MOÉMI... POURQUOI AS-TU PERDU TON SOURIRE...?
JE NE LIS PLUS SUR TON VISAGE DE L'ANGOISSE, DE LA TIMIDITÉ OU DU CHAGRIN... J'Y LIS DE LA PEUR...!
SI CETTE HISTOIRE TE MET DANS CET ÉTAT...
TU SAIS, MOÉMI....
JE PENSE EFFECTIVEMENT QUE TU NE DEVRAIS PLUS REVOIR TAKASHI
VOUS N'ÊTES VRAIMENT PAS FAITS L'UN POUR L'AUTRE...!
YOTA N'AVAIT PAS RÉFLÉCHI, IL AVAIT PRONONCÉ CETTE PHRASE SPONTANÉMENT. LE VISAGE DE NATSUMI LUI ÉTAIT SOUDAIN APPARU...
QUOI ?!
MAIS... YOTA...

TAKA-SHI !!
ALORS, YOTA, TU EN ES ARRIVÉ À CE POINT LÀ....?
...IL A PEUT-ÊTRE RAI-SON...!
BO-BOM !!
QU'EST-CE QUE TU VEUX DIRE PAR LÀ, TAKASHI ?
QU'EST-CE QUE...
BO-BOM !!
BO-BOM !!

DEMANDE À YOTA, TU VERRAS BIEN...
BO-BOM !!
BO-BOM !!
BOM !!
BOM !!
BOM !!
TU N'AS QU'À LUI DIRE TOI-MÊME ....!
TAKASHI EST RESTÉ SANS VOIX. IL NE S'ATTENDAIT ABSOLUMENT PAS À CE QUE YOTA LUI FASSE CE GENRE DE RÉPONSE... IL S'ÉTAIT IMAGINÉ QUE YOTA LUI DEMANDERAIT DE NE RIEN DIRE, DE PEUR DE GÂCHER LEUR AMITIÉ. TAKASHI NE SAVAIT RIEN DE LA RENCONTRE DE YOTA AVEC NATSUMI ET DES CONSÉQUENCES QUI EN AVAIENT DÉCOULÉ, DES CHANGEMENTS QUI S'ÉTAIENT OPÉRÉS DANS SA PSYCHOLOGIE... YOTA LUI-MÊME N'AVAIT RIEN REMARQUÉ
LES TRENTE SECONDES DE SILENCE QUI S'ENSUIVIRENT LEUR PARURENT UNE ÉTERNITÉ...

CHAPITRE 57

RÉMINISCENCE

YOTA, QU'EST-CE QUE TU FAIS ?!!
JE COMMEN-CE À AVOIR VRAIMENT FAIM, MOI...!
ET PUIS DANS PEU DE TEMPS, TOUT SERA FROID...
TOUS CES BONS PETITS PLATS QUE J'AI CUISINÉS POUR YOTA VONT ME PER-METTRE DE LE CONQUÉRIR ! JE LES AI PRÉPARÉS EN Y METTANT TOUT MON CŒUR !
MAIS, SI IL NE LES MANGE PAS, JE N'Y ARRI-VERAI JAMAIS !!
SI JAMAIS IL REVIENT ET QU'IL A DÉJÀ DÎNÉ, JE LUI TORDS LE COU !!!

AAAH ...
JE NE PENSAIS PAS POUVOIR AVOIR UNE TELLE RÉACTION...
JE ME SENS TOUT DRÔLE ...
BO-BOM!!
"TU EN ES ARRIVÉ À CE POINT LÀ"
BO-BOM!!
"DEMANDE À YOTA..."
"QU'EST-CE QUE TU VEUX DIRE PAR LÀ ?"
BO-BOM!!
TU N'AS QU'À LUI DIRE TOI-MÊME.
..!
STRE

ELLE VA FINIR PAR APPRENDRE LES SENTIMENTS QUE J'AVAIS POUR ELLE... QUI AUJOURD'HUI N'EXISTENT PLUS. COMMENT VA T-ELLE RÉAGIR ?

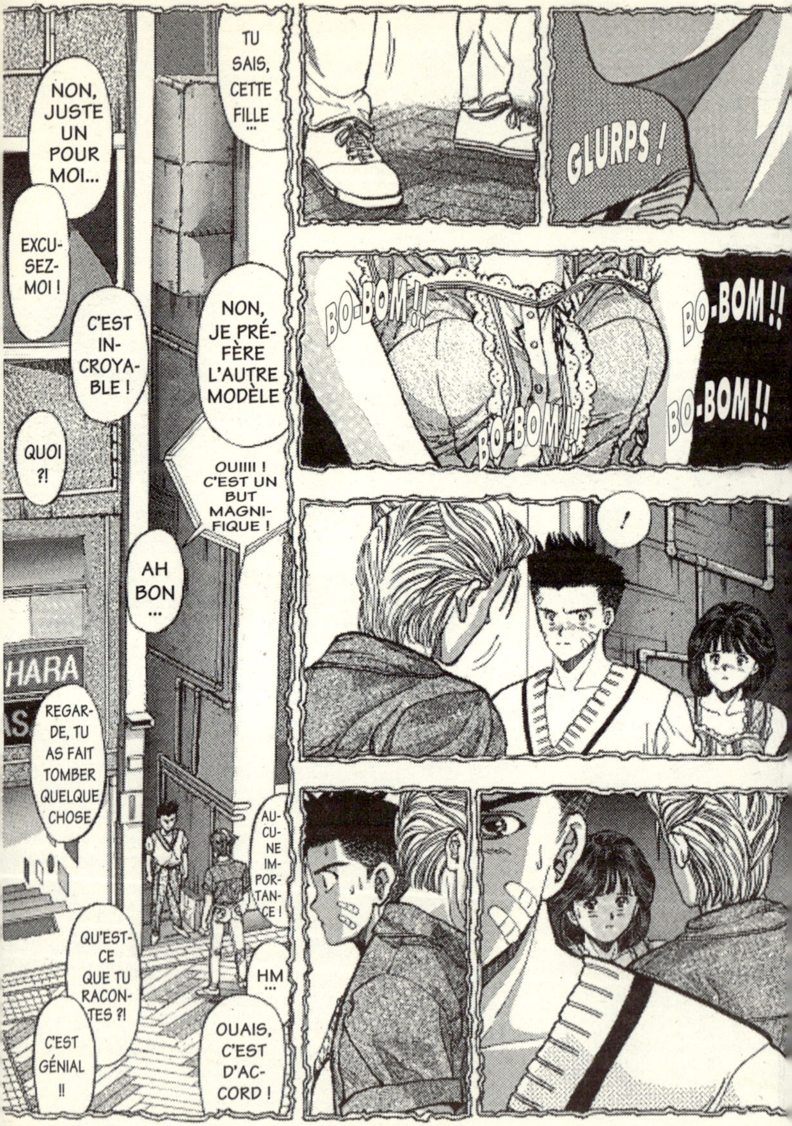
TU SAIS, CETTE FILLE ...
NON, JUSTE UN POUR MOI...
EXCU-SEZ-MOI !
C'EST IN-CROYA-BLE !
NON, JE PRÉ-FÈRE L'AUTRE MODÈLE
QUOI ?!
OUIIII ! C'EST UN BUT MAGNI-FIQUE !
AH BON ...
HARA
REGAR-DE, TU AS FAIT TOMBER QUELQUE CHOSE
AU-CU-NE IM-POR-TAN-CE !
QU'EST-CE QUE TU RACON-TES ?!
HM ...
C'EST GÉNIAL !!
OUAIS, C'EST D'AC-CORD !
GLURPS !
BO-BOM !!
BO-BOM !!
BO-BOM !!
BO-BOM !!
!

BO-BOM !!
BO-BOM !!
VIENS, JE VOUDRAIS TE PRÉSENTER QUELQUES AMIS...

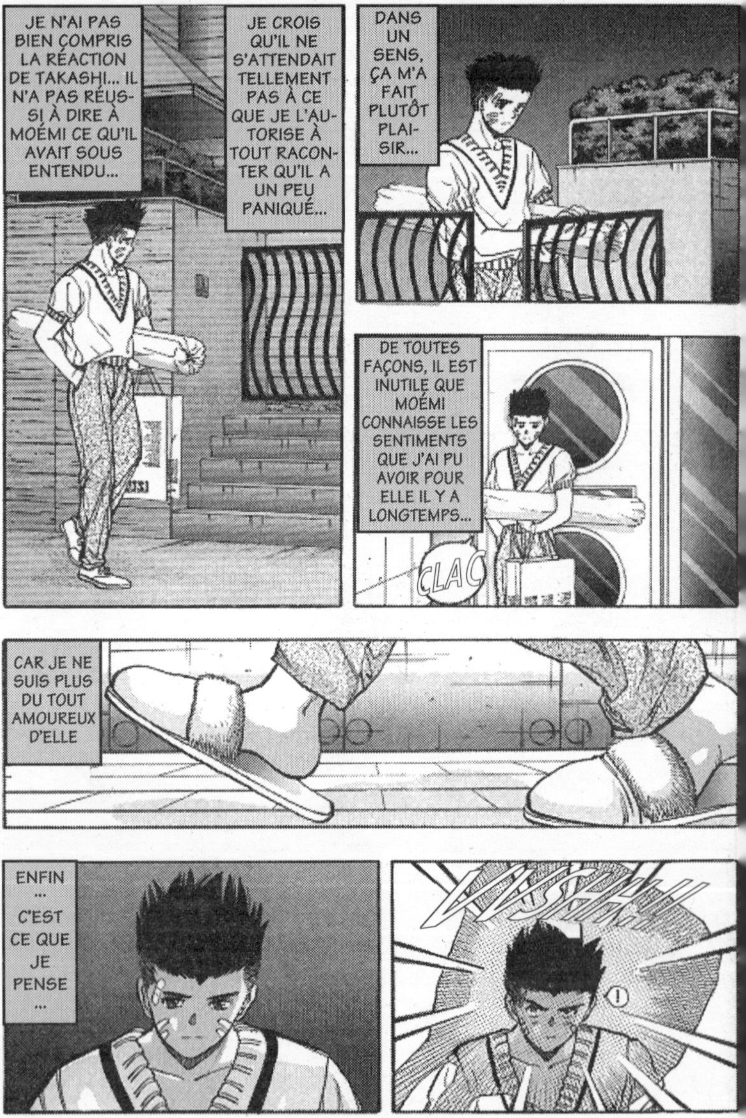
JE N'AI PAS BIEN COMPRIS LA RÉACTION DE TAKASHI... IL N'A PAS RÉUSSI À DIRE À MOÉMI CE QU'IL AVAIT SOUS ENTENDU...
JE CROIS QU'IL NE S'ATTENDAIT TELLEMENT PAS À CE QUE JE L'AUTORISE À TOUT RACONTER QU'IL A UN PEU PANIQUÉ...
DANS UN SENS, ÇA M'A FAIT PLUTÔT PLAISIR...
DE TOUTES FAÇONS, IL EST INUTILE QUE MOÉMI CONNAISSE LES SENTIMENTS QUE J'AI PU AVOIR POUR ELLE IL Y A LONGTEMPS...
CLAC
CAR JE NE SUIS PLUS DU TOUT AMOUREUX D'ELLE
ENFIN ... C'EST CE QUE JE PENSE ...
VVSHHH
!

ALOOOORS ?!! C'EST MAINTE-NANT QUE TU RENTRES !!!!
BAM !
T'AURAIS PU ME PRÉVE-NIR !! TU ME PRENDS POUR QUI ?!
BOM
QU'EST-CE QUE C'EST QUE CETTE HIS-TOIRE ?! T'ES PAS BIEN OU QUOI ?!

DING-DONG
!
AH...! C'EST PEUT-ÊTRE MOÉMI ...!
ÇA DOIT ÊTRE NAT-SUMI...
J'Y VAIS ! J'Y VAIS !
......
TAN TAN TAN
DING-DONG
SCHLIK-CLIC
OUI ! OUI ! LAISSEZ-MOI LE TEMPS D'OUVRIR !
!

JE PEUX TE PARLER DEUX SECONDES ...?
QU'EST-CE QUI SE PASSE, TAKA-SHI ?

ALORS, DIS-MOI...
EST-CE QUE ...
EST-CE QUE ÇA S'EST BIEN PASSÉ, AVEC TA COPINE ?
J'AI BIEN ESSAYÉ DE RASSEMBLER LES MORCEAUX, MAIS... ÇA N'A PAS MARCHÉ

AH BON ...?
MAIS, ALORS, C'EST POUR ÇA QUE MOÉMI T'IN-TÉRESSE...
QUOI ?!
T'AS TOUT FAUX ! JE VOIS QUE TU COM-PRENDS TOUT DE TRAVERS !
TU PEUX VRAI-MENT M'AFFIR-MER QU'AU-JOURD'HUI ELLE T'ES INDIFFÉ-RENTE...?
VOYONS, C'EST JUSTE UNE COPINE ! SINON JE N'AURAIS PAS PU SORTIR AVEC NO-BUKO !

MAIS... COMMENT TU PEUX DIRE UNE CHOSE PAREILLE ?!
TU NE CROIS PAS QUE TES SENTIMENTS ENVERS ELLE ONT PU GÊNER TES RELATIONS AVEC NOBU-KO ?
TAKASHI... OÙ VEUX-TU EN VENIR...?
C'EST SIMPLE ...
J'AI DÉCIDÉ DE DONNER À NOUVEAU MON CŒUR À QUELQU'UN... ET CE QUELQU'UN SERA MOÉMI...!

QUOI ?!! TU ES SÉRIEUX ?! MAIS... C'EST SUPER !!
...JE N'ARRIVE PAS À ÊTRE VRAIMENT CONVAINCU DE CE QUE JE DIS...!
C'EST DRÔLE MAIS...
BO-BOM !!
...QUE JE TENAIS À ELLE
ELLE A FINI PAR HABITER MES PENSÉES SANS QUE JE LE SACHE...
ET TOUT À L'HEURE, JE ME SUIS SOUDAINEMENT APERÇU...
J'AI SOUVENT PENSÉ À MOÉMI, TU SAIS...

QUAND TU M'AS RÉPONDU "TU N'AS QU'À LUI DIRE TOI MÊME...!", J'AI PANIQUÉ. OU PLUTÔT, J'AI ÉTÉ TROUBLÉ... ET JE ME SUIS DEMANDÉ POURQUOI J'ÉTAIS SI TROUBLÉ...
ET À CE MOMENT PRÉCIS UN NOUVEAU SENTIMENT M'EST APPARU...
....
TIENS DONC...
QU'EST-CE QUE TU EN PENSES...?
NE ME DEMANDE PAS MON AVIS ! JE N'AI RIEN À VOIR DANS VOTRE HISTOIRE !

MOI AUSSI JE SUIS TRÈS TROUBLÉ... MON ESPRIT S'AGITE DANS TOUS LES SENS À L'INTÉRIEUR DE MON CRÂNE...
EST-CE QUE J'AURAIS MALGRÉ TOUT ENCORE DES SENTIMENTS POUR MOÉMI...? NON, JE NE CROIS PAS... COMME JE LUI AI DIT, JE N'AURAIS PAS PU SORTIR AVEC NOBUKO EN AYANT DES SENTIMENTS POUR UNE AUTRE FILLE... CE N'EST PAS DANS MA NATURE...
BO-BOM !!
BO-BOM !!
DIS, YOTA, JE PEUX UTILISER TON TÉLÉPHONE ?
BAH ...
...OUI,
BIEN SÛR !
DEMAIN, NOUS ALLONS RÉPÉTER AU CLUB. COMME JE VIENS D'ÉCRIRE UNE NOUVELLE CHANSON, JE VOUDRAIS LA FAIRE ÉCOUTER À MOÉMI
... BONNE IDÉE
IL FAIT EXPRÈS DE DIRE ÇA DEVANT MOI !
BiP !!!

ALORS... 5 - 2...
TUUT
TUUT
IL NE CONNAIT MÊME PAS SON NUMÉRO PAR CŒUR...!
!
TUUT
TUUT
TUUT
TUUT
TUUT
TUUT
BIIIIIP -
BIIIIP -
CLIC -
ALLÔ !
OUI, C'EST MOI. JE VOULAIS TE DIRE QUE DEMAIN...

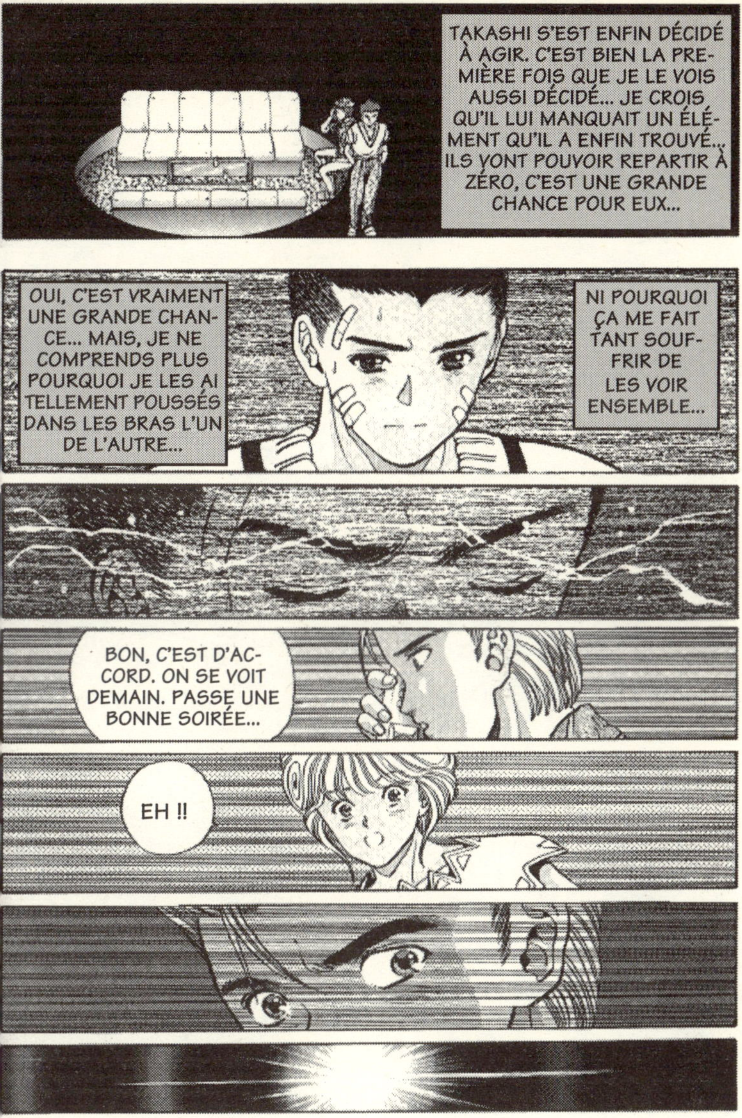
TAKASHI S'EST ENFIN DÉCIDÉ À AGIR. C'EST BIEN LA PREMIÈRE FOIS QUE JE LE VOIS AUSSI DÉCIDÉ... JE CROIS QU'IL LUI MANQUAIT UN ÉLÉMENT QU'IL A ENFIN TROUVÉ... ILS VONT POUVOIR REPARTIR À ZÉRO, C'EST UNE GRANDE CHANCE POUR EUX...
OUI, C'EST VRAIMENT UNE GRANDE CHANCE... MAIS, JE NE COMPRENDS PLUS POURQUOI JE LES AI TELLEMENT POUSSÉS DANS LES BRAS L'UN DE L'AUTRE...
NI POURQUOI ÇA ME FAIT TANT SOUFFRIR DE LES VOIR ENSEMBLE...
BON, C'EST D'ACCORD. ON SE VOIT DEMAIN. PASSE UNE BONNE SOIRÉE...
EH !!

GLURPS !
BO-BOM !!
BO-BOM !!
BO-BOM !!
ALLÔ ? ALLÔ ? TAKASHI ? QU'EST-CE QUI SE PASSE ?!
TU TIENS VRAIMENT À LUI PARLER ?

AH, C'EST TOI, YOTA ?!
C'EST MOI, JE VOU-LAIS...
À SA VOIX, JE PEUX IMAGI-NER SON SOU-RIRE...
ELLE A L'AIR TRÈS CON-TENTE ...
J'AI DU MAL À CROIRE QU'IL AIT PU ME PAR-LER AUSSI FRANCHEMENT DEVANT TOI...!
C'EST BIEN LA PREMIÈRE FOIS QU'IL ME DEMAN-DE DE VENIR LE VOIR RÉPÉTER !
C'EST AUSSI IN-CROYABLE QUE SI IL M'AVAIT DIT QU'IL ALLAIT NEIGER DEMAIN !
MAIS, DIS-MOI... CE N'EST PAS TOI QUI LUI AURAIT DE-MANDÉ DE ME LE PRO-POSER, PAR HASARD ?
NON... JE NE LUI AI RIEN DEMAN-DÉ...
C'EST VRAIMENT SON IDÉE... IL NE M'EN A MÊME PAS PARLÉ AVANT... TU VOIS, J'AI TOU-JOURS SU QU'UN JOUR VOUS ALLIEZ FINIR PAR VOUS COMPRENDRE...

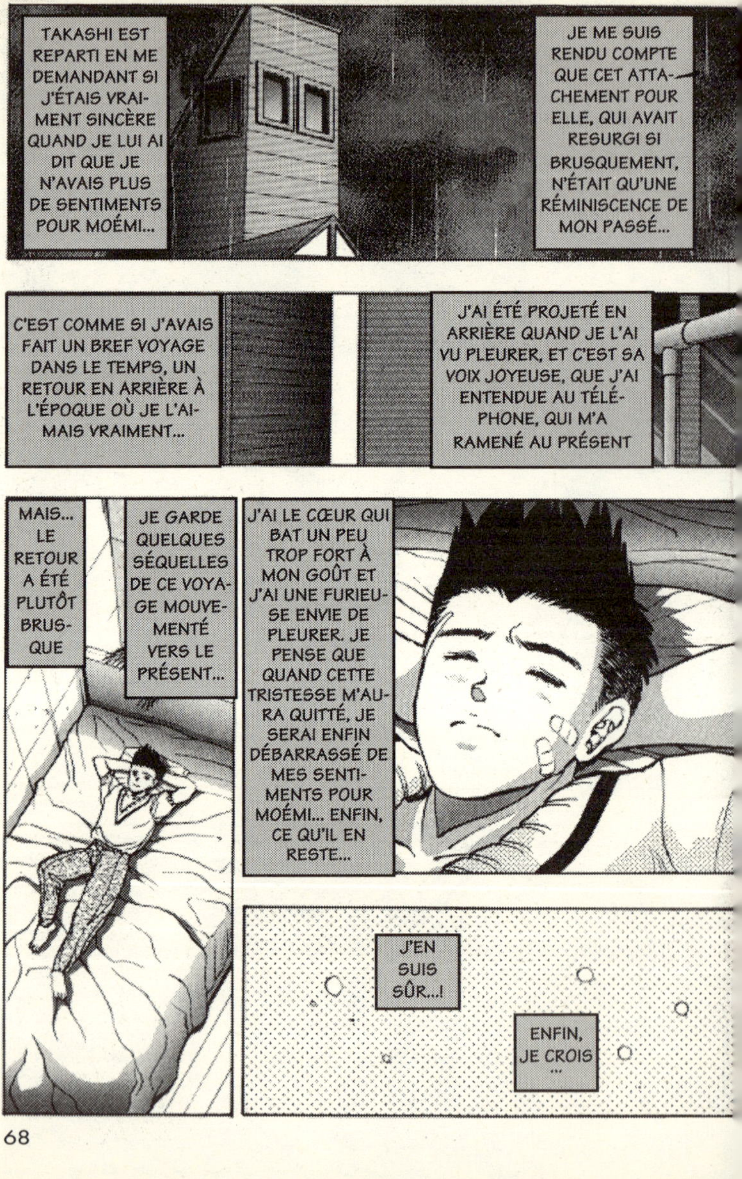
TAKASHI EST REPARTI EN ME DEMANDANT SI J'ÉTAIS VRAIMENT SINCÈRE QUAND JE LUI AI DIT QUE JE N'AVAIS PLUS DE SENTIMENTS POUR MOÉMI...
JE ME SUIS RENDU COMPTE QUE CET ATTACHEMENT POUR ELLE, QUI AVAIT RESURGI SI BRUSQUEMENT, N'ÉTAIT QU'UNE RÉMINISCENCE DE MON PASSÉ...
C'EST COMME SI J'AVAIS FAIT UN BREF VOYAGE DANS LE TEMPS, UN RETOUR EN ARRIÈRE À L'ÉPOQUE OÙ JE L'AIMAIS VRAIMENT...
J'AI ÉTÉ PROJETÉ EN ARRIÈRE QUAND JE L'AI VU PLEURER, ET C'EST SA VOIX JOYEUSE, QUE J'AI ENTENDUE AU TÉLÉPHONE, QUI M'A RAMENÉ AU PRÉSENT
MAIS... LE RETOUR A ÉTÉ PLUTÔT BRUSQUE
JE GARDE QUELQUES SÉQUELLES DE CE VOYAGE MOUVEMENTÉ VERS LE PRÉSENT...
J'AI LE CŒUR QUI BAT UN PEU TROP FORT À MON GOÛT ET J'AI UNE FURIEUSE ENVIE DE PLEURER. JE PENSE QUE QUAND CETTE TRISTESSE M'AURA QUITTÉ, JE SERAI ENFIN DÉBARRASSÉ DE MES SENTIMENTS POUR MOÉMI... ENFIN, CE QU'IL EN RESTE...
J'EN SUIS SÛR...!
ENFIN, JE CROIS ...

ET ZUT ...!
FAUTE DE COMBAT, MES TROUPES SONT RÉSTÉES EN RADE !
JE NE POUVAIS PAS DEVINER QUE YOTA ÉTAIT EN TRAIN DE SE DÉBATTRE AVEC SON PASSÉ ET QUE BIEN SÛR, JE N'AVAIS AUCUN MOYEN DE L'APPROCHER DANS CES MOMENTS LÀ
DE PLUS, IL ME TRAITE COMME UNE SŒUR, CELA N'ARRANGE PAS MES AFFAIRES ...
MAIS, JE NE SUIS POURTANT PAS SA SŒUR, MOI ! ALORS !?
HEIN ?!
CHACUN AYANT SOMBRÉ DANS UN SOMMEIL PLUS QUE MÉRITÉ, LES ÉVÉNEMENTS DE CETTE JOURNÉE FURENT LENTEMENT RECOUVERTS PAR LA PLUIE... UNE PLUIE QUI TOMBAIT À GOUTTES DE PLUS EN PLUS GROSSES ET QUI, BIENTÔT ALLAIT SE TRANSFORMER EN UNE VÉRITABLE TEMPÊTE.

CHAPITRE 58

LA TEMPÊTE

TU NE TROUVES PAS QU'IL FAIT CHAUD ?

JE VAIS ME METTRE UN PEU PLUS À L'AISE, TU ES D'ACCORD ?
HEIN ?!
TOURNE-TOI...
HUM ... D'ACCORD ...
JE NE SAIS PAS QUOI FAIRE... J'AI L'IMPRESSION QUE NOUS FAISONS QUELQUE CHOSE DE PAS TRÈS CORRECT... MOÉMI EST VRAIMENT DÉCONTRACTÉE...
BO-BOM!! BO-BOM!! BO-BOM!!

ÇA Y EST... TU PEUX REGARDER...
SI TAKASHI APPRENAIT CE QUE VOUS FAITES, ÇA NE LUI PLAIRAIT PAS BEAUCOUP !

EH !
NON !! ATTENDS !!
BAH... TU VEUX QUE JE LE PASSE OU PAS, ALORS ?
....
... UN RÊVE ...?

HEIN ?
BON... PUISQUE JE SUIS LÀ, DE TOUTES FAÇONS ...
HMM...
"NON !! ATTENDS !!", C'EST QUOI COMME RÉPONSE, ÇA ?
AH... NE T'INQUIÈTE PAS, TU PEUX Y ALLER, C'ÉTAIT JUSTE UN RÊVE ...
TU PEUX Y ALLER... JE VAIS ME LEVER
OUI PATRON !!

VOUM !
POURQUOI ?! POURQUOI AI-JE FAIT CE RÊVE...?
C'EST CE RÊVE QUE JE FAISAIS CHAQUE NUIT QUAND J'ÉTAIS AMOUREUX DE MOÉMI...
MAIS IL ÉTAIT LÉGÈREMENT DIFFÉRENT...
CETTE FOIS-CI... AÏ EST CLAIREMENT APPARUE... JE NE COMPRENDS TOUJOURS PAS POURQUOI J'AI FAIT CE RÊVE !! EST-CE QUE ÇA VEUT DIRE QUE J'AIME ENCORE MOÉMI...??!
GGGMMGG...
M ?
MOUSME
BRRR...GR...

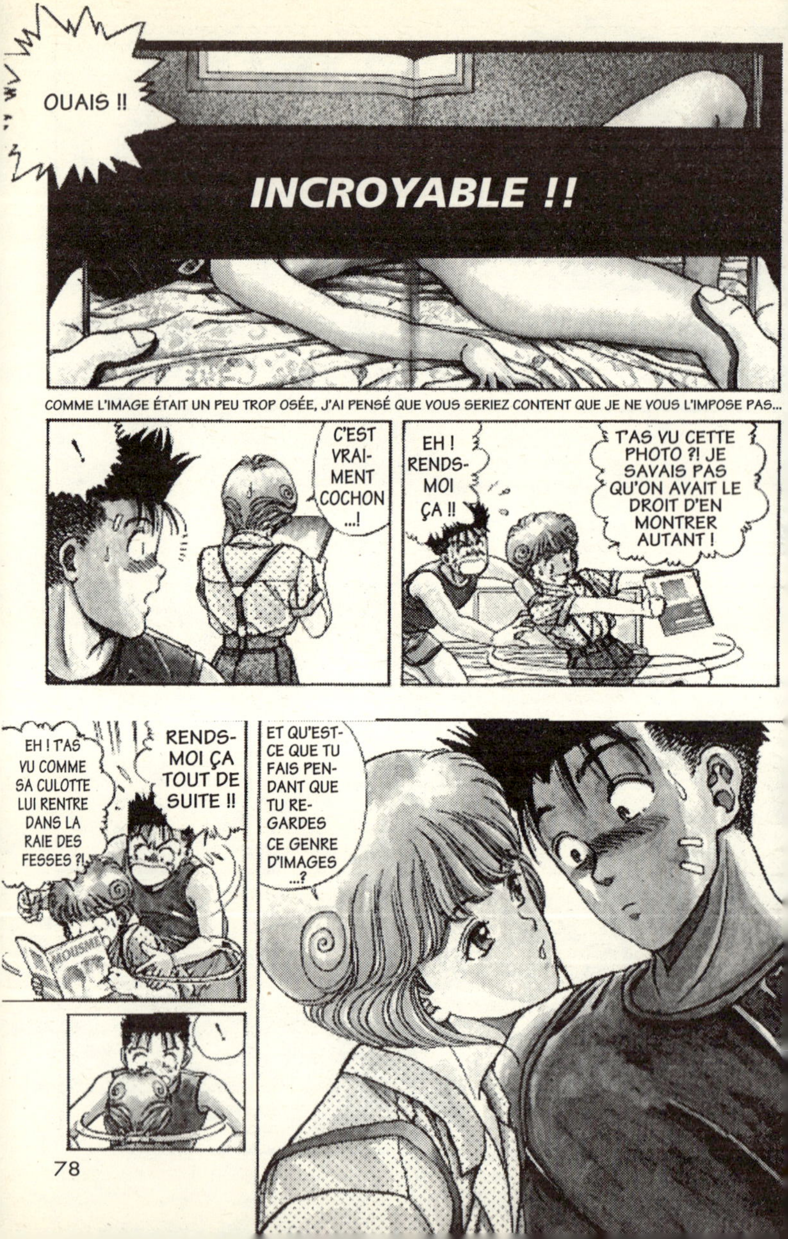

OUAIS !!
INCROYABLE !!
COMME L'IMAGE ÉTAIT UN PEU TROP OSÉE, J'AI PENSÉ QUE VOUS SERIEZ CONTENT QUE JE NE VOUS L'IMPOSE PAS...
!
C'EST VRAIMENT COCHON ...!
T'AS VU CETTE PHOTO ?! JE SAVAIS PAS QU'ON AVAIT LE DROIT D'EN MONTRER AUTANT !
EH ! RENDS-MOI ÇA !!
EH ! T'AS VU COMME SA CULOTTE LUI RENTRE DANS LA RAIE DES FESSES ?!
RENDS-MOI ÇA TOUT DE SUITE !!
MOUSME
!
ET QU'EST-CE QUE TU FAIS PENDANT QUE TU REGARDES CE GENRE D'IMAGES ...?

COMMENT, QU'EST-CE QUE JE FAIS ?! JE LES REGARDE, C'EST TOUT !!
BOMF !
AAAHHHH... OUIIIIIII...
DOM !
MAIS, POURQUOI TU REGARDES CE GENRE DE CHOSES ALORS QUE TU AS TOUT CE QU'IL TE FAUT TOUT PRÈS...?
TOUT PRÈS ? OÙ ÇA, TOUT PRÈS ?!
PEUT-ÊTRE QUE TU N'AIMES PAS LES VRAIES FILLES...
TU AS MOINS PEUR AVEC DES PHOTOS...
IDIOTE !!
TU DIS SANS CESSE QUE TU ME CONSIDÈRES COMME TA SŒUR, MAIS... JE NE SUIS PAS TA SŒUR !
SI J'ÉTAIS CE QU'ELLE PRÉTEND, JE NE FERAIS PAS LE GENRE DE RÊVE QUE JE VIENS DE FAIRE...

ÇA VEUT DIRE QU'EN RÉALITÉ JE N'AI AUCUN CHARME...! JE SOUFFRE DE VOIR À QUE TU ME CONSIDÈRES COMME UNE FILLE ORDINAIRE...
JE SUIS QUAND MÊME UNE FILLE, MOI... ET JE VOIS BIEN QUE JE NE TE FAIS NI CHAUD NI FROID !
AÏ, NE DIS PAS ÇA...!
ARRÊTE DE TE MOQUER DE MOI !
MAIS NON, VOYONS... JE TROUVE QUE TU ES VRAIMENT CHAR-MANTE !
BO-BOM !!
AÏ...!

ALORS, POURQUOI TU N'AS JAMAIS ESSAYÉ DE COUCHER AVEC MOI...?!
QUOI ?!
TU N'AS AUCUN COURAGE ! C'EST ÇA TON PROBLÈME !
DU COURAGE ?!
MAIS, ON N'A PAS BESOIN DE COURAGE POUR FAIRE ÇA !!
JE N'AI PAS ENVIE D'AVOIR CE GENRE DE COURAGE !!
LE COURAGE D'OBTENIR LES CHOSES PAR LA FORCE ! N'IMPORTE QUEL VOYOU ABRUTI EST CAPABLE DE ÇA !
SI TU CROIS QUE C'EST ÇA ÊTRE UN HOMME... ! MOI, JE TROUVE ÇA MINABLE !
IL S'EST VRAIMENT MIS EN COLÈRE !!
MAIS...! TU TE MOQUES DE MOI OU QUOI ?!!
MAIS NON ! REGARDE, JE PLEURE VRAIMENT !!

BON ! BON ! C'EST VRAI ! JE SIMULAIS UN PEU, MAIS...
PETITE GARCE !
HÉHÉHÉ !
MOI, JE TROUVE QU'ON EST BIEN ENSEMBLE... PAS TOI ?
ON PASSE VRAIMENT DE BONS MOMENTS...
ET SI ON SORTAIT ENSEMBLE ...?
MA FOI ...
ON POURRAIT ESSAYER...
AH ?
QUAND TU POURRAS FORMER UN COUPLE AVEC UN GARÇON, JE TE FERAI DEVENIR HUMAINE
EST-CE QUE LES CHOSES POURRAIENT SE PASSER AUSSI VITE...?!
BO-BOM !! BO-BOM !! BO-BOM !

ET PUIS NON... FINALEMENT, JE N'AI PAS ENVIE...!
QUOI ?!! VOUS ÊTES BIEN TOUS LES MÊMES, LES HOMMES ! VOUS NE SAVEZ JAMAIS CE QUE VOUS VOULEZ !!
AÏ, VOYONS, TU SAIS BIEN QU'EN TANT QUE VIDEO GIRL TU NE POURRAS JAMAIS VIVRE CERTAINES CHOSES... C'EST IRRÉALISABLE ...
NON, YOTA ! AUJOURD'HUI LES CHOSES SONT DIFFÉRENTES...!
LAISSE-MOI T'EXPLIQUER ....
SI TU PARLES DE NOTRE CONTRAT À QUI QUE CE SOIT, CELUI-CI S'ANNULERA AUTOMATIQUEMENT ET JE TE RÉCUPERERAI
AH !
...UNE AUTRE FOIS...
J'AVAIS PENSÉ QUE CE CONTRAT N'ÉTAIT PAS BIEN CONTRAIGNANT... BIEN SÛR, SI JE POUVAIS LUI PARLER LIBREMENT, IL PRENDRAIT PITIÉ DE MOI, MAIS CE N'EST PAS CE QUE JE VEUX...
MAIS, SI JE NE LUI PARLE JAMAIS DE CE CONTRAT, IL PENSERA JUSQU'AU BOUT QUE JE NE SUIS QU'UNE VIDEO GIRL, AMENÉE À DISPARAÎTRE... ÇA NE VA PAS ÊTRE AUSSI FACILE QUE ÇA...

JE NE COMPRENDS PAS CE QU'ELLE A ESSAYÉ DE ME DIRE...
DING-DONG
M ?!
MAIS, NATSUMI, COMMENT SE FAIT-IL QUE TU SOIS AUSSI TREMPÉE ?!
JE SUIS VRAIMENT DÉSOLÉE, MAIS, AVEC CETTE TEMPÊTE MA TENTE S'EST ENVOLÉE... ÇA NE TE DÉRANGE PAS SI JE RESTE ICI AUJOURD'HUI ?
TU N'AS PAS ENTENDU QUE LE VENT SOUFFLAIT DE PLUS EN PLUS FORT ?!
TU N'AS PAS VU ? LA PLUIE S'EST TRANSFORMÉE EN TEMPÊTE ! IL PARAIT QU'UN TYPHON APPROCHE !
BAH ... NON
AUJOURD'HUI MOÉMI EST CENSÉE ALLER VOIR TAKASHI RÉPÉTER AVEC SON GROUPE... J'ESPÈRE QUE TOUT VA BIEN SE PASSER...

INUTI-LE D'Y PEN-SER...
ÇA NE REGAR-DE QUE MOÉMI ET TAKA-SHI...
JE N'AI PAS À M'IN-QUIÉ-TER...
CE NE SONT PAS MES AFFAI-RES...
HAYAKAWA
QUELLE TEMPÊ-TE...!
JE ME DEMANDE SI LA RÉPÉTI-TION VA AVOIR LIEU. ILS VONT SÛREMENT DEVOIR L'AN-NULER !
JE NE COM-PRENDS PAS ! IL AURAIT DÉJÀ DÛ M'APPE-LER !!
MOÉMI, T'AS FINI AVEC LA DOUCHE ?
OUI...
AU FAIT, IL Y A QUELQU'UN QUI A APPELÉ TOUT À L'HEURE. IL A DIT QUE LA RÉPÉTITION AURAIT LIEU.., ET IL A RACCROCHÉ SANS QUE J'AI EU LE TEMPS DE DIRE QUOI QUE CE SOIT ...
HMM...
ALORS FINALE-MENT ELLE A LIEU... JE VAIS DEVOIR Y ALLER, IL ME L'A PRO-POSÉ AVEC TANT D'INSIS-TANCE...
IL N'A MÊME PAS DEMANDÉ À ME PAR-LER... ÇA, C'EST BIEN SON GENRE

VVVHH HH HUUUH !
AAAHHH !!
QUELLE IDIOTE ! POURQUOI EST-CE QUE J'AI MIS UNE JUPE ?!
VVVHH HH HUUUH !
EH !!
VLOFF !!!!
PLIC PLOC PLOC PLIC
JE NE PEUX MÊME PLUS REBROUS-SER CHE-MIN !
C'EST DE PIRE EN PIRE !
HEUREUSEMENT, JE VAIS POUVOIR ÊTRE AVEC TAKA-SHI... JE ME SEN-TIRAI PLUS EN SÉCURITÉ AVEC LUI...
....
J'AI TELLE-MENT HÂTE DE LE REVOIR ...!

VSCH
CLAC
PFHHH !!
!
C'EST BIZARRE...
ILS NE SONT PAS ENCORE ARRIVÉS...
CLIC !
!
QUOI ?! TU NE L'AS MÊME PAS APPELÉE ?!!
VVVHH

MAIS, SI LA RÉPÉTITION EST ANNULÉE, LA MOINDRE DES CHOSES AURAIT ÉTÉ DE L'APPELER !!
ET SI ELLE EST PARTIE AU LOCAL ? TU Y AS PENSÉ ?!
QUI POURRAIT ÊTRE ASSEZ BÊTE POUR SORTIR PAR UN TEMPS PAREIL ?!
JE ME SUIS DIT QU'EN VOYANT CETTE TEMPÊTE, ELLE SE DOUTERAIT BIEN QUE TOUT ÉTAIT ANNULÉ
ÇA PROUVE BIEN QUE TU NE CONNAIS VRAIMENT RIEN À SON CŒUR !!
MOÉMI T'A TOUJOURS FAIT CONFIANCE ! C'EST POUR ÇA QU'ELLE A SUPPORTÉ TANT DE CHOSE PAR RAPPORT À TOI ! SI TU NE LUI AS RIEN DIT, ELLE NE S'EST PAS PERMISE DE REMETTRE QUOI QUE CE SOIT EN QUESTION, ET ELLE EST ALLÉE TE RETROUVER À LA SALLE DE RÉPÉTITION !
VOUS AVIEZ RENDEZ-VOUS IL Y A DÉJÀ UNE DEMI-HEURE ! ÇA DOIT DONC FAIRE MAINTENANT TRENTE MINUTES QU'ELLE T'ATTEND...!
SI TOI TU N'Y VAS PAS, ET BIEN MOI J'IRAI !!
.....
JE NE VOIS PAS POURQUOI TU T'EXCITES AUTANT...
ET, DE TOUTES FAÇONS, JE N'AI PLUS ENVIE QUE TU T'INTERPOSES ENTRE ELLE ET MOI...!
YOTA ...

AH ! SALUT ...!
MAIS, VOUS NE FAITES PAS PARTIE DU GROUPE DE TAKA-SHI ! VOUS SAVEZ OÙ SONT LES MEMBRES DU GROU-PE ?
C'EST DRÔLE... J'AI L'IMPRES-SION QU'ILS VONT PAS VENIR...!
AH ?
!
BAH !

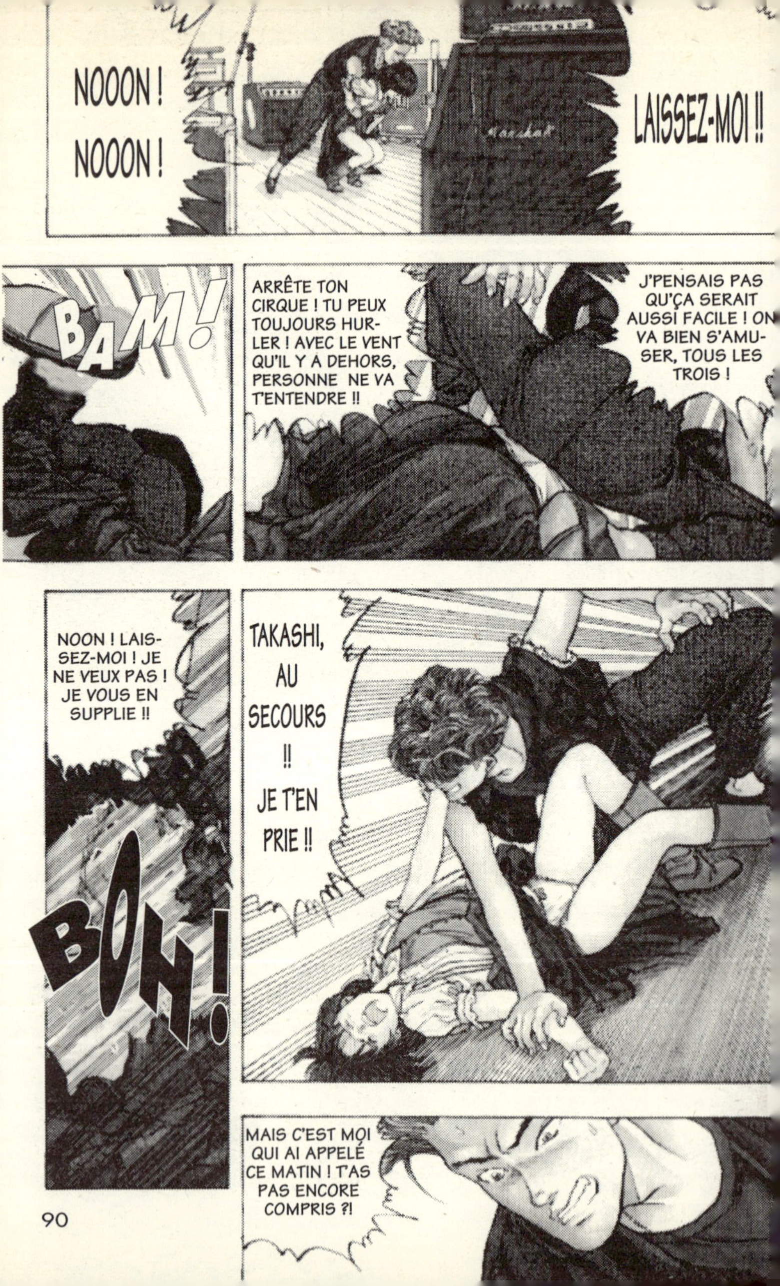
NOOON !
NOOON !
LAISSEZ-MOI !!
BAM !
ARRÊTE TON CIRQUE ! TU PEUX TOUJOURS HURLER ! AVEC LE VENT QU'IL Y A DEHORS, PERSONNE NE VA T'ENTENDRE !!
J'PENSAIS PAS QU'ÇA SERAIT AUSSI FACILE ! ON VA BIEN S'AMUSER, TOUS LES TROIS !
NOON ! LAISSEZ-MOI ! JE NE VEUX PAS ! JE VOUS EN SUPPLIE !!
BOH !
TAKASHI, AU SECOURS !! JE T'EN PRIE !!
MAIS C'EST MOI QUI AI APPELÉ CE MATIN ! T'AS PAS ENCORE COMPRIS ?!

ALORS, ABRUTI ! TU VIENS M'AI-DER OU QUOI ?!!
EUH ... MAIS ...
J'AI QUAND MÊME PITIÉ DE CETTE PAUVRE FILLE...
ALLEZ ! ARRÊTE DE BOUGER, MERDE !!
!
NNOoooo
...NNOooo
J'AI... J'AI FAIT UN RÊVE...
DANS MON RÊVE, J'AI REVU LE VISAGE SI TRISTE QU'ELLE AVAIT AVANT... ET JAMAIS, TU M'EN-TENDS, PLUS JAMAIS JE NE VEUX LA VOIR AVEC CE VISAGE...
ALORS, TU PEUX ME DIRE TOUT CE QUE TU VEUX... MOI... JE VAIS LA REJOINDRE...

CHAPITRE 59

DOUTES

JE CROIS QUE TU NE COMPRENDS PAS BIEN...
POUR MOI, REFAIRE CE MÊME RÊVE PRÉCISEMENT AUJOURD'HUI EST UN SIGNE...
TAKASHI... TU PEUX BIEN FAIRE CE QUE TU VEUX, TOI. MAIS N'OUBLIE PAS QUE MOÉMI EST MON AMIE... ALORS, JE VAIS ALLER LA RASSURER...

YOTA... EST-CE QUE ÇA VEUT DIRE QUE TU N'AS PLUS CONFIANCE EN MOI...?
....
IL NE FAUT PAS QUE TU Y AILLES...
N'Y VA PAS ...

ÉCOUTE-MOI ! PAR UNE TEMPÊTE PAREILLE, PERSONNE N'AURAIT L'IDÉE SAUGRENUE DE SORTIR !
SI TU VAS JUSQU'À NOTRE LOCAL, TU VAS JUSTE VOIR À QUEL POINT TU ES RIDICULE !!
TRÈS BIEN ...
EH...!! YOTA...!!
PAC

C'EST LA PREMIÈRE FOIS QUE J'ENTENDS TAKASHI PARLER DE CETTE MANIÈRE ...
EST-CE QU'IL AURAIT VRAIMENT DES SEN-TIMENTS POUR MOÉMI...?
QUELLE AUTRE RAI-SON POUR-RAIT-IL Y AVOIR POUR QU'IL NE VEUILLE PAS QUE J'AILLE À SA REN-CONTRE...?!
CLAC
À MON AVIS, TU DEVRAIS LAISSER TOMBER...
EH ! C'EST PAS TES AFFAIRES, TU SAIS !
TON AVIS NE VAUT PAS GRAND CHOSE FACE À MES INTUI-TIONS... ET J'EN AI UNE QUI NE ME PLAIT PAS BEAU-COUP...
JE VAIS ALLER LA VÉRI-FIER...

VVISH!!
HAA ...
HAA ...
HAA ...
NOON ! JE NE VEUX PAS ! LAISSEZ-MOI ! JE VOUS EN SUPPLIE !!
DÉSOLÉ CHÉRIE, MAIS, TU PEUX M'CROIRE...
...TU VAS Y PASSER ! QUAND J'COMMENCE QUELQUE CHOSE, J'AI PAS L'HABITUDE DE M'DÉGONFLER !
TU T'RAPPELLES PAS DE MOI ? J'ÉTAIS LÀ, HIER, AU CLUB...
TU SAIS... ÇA FAIT D'PUIS LONGTEMPS QUE J'T'AI REPÉRÉE.. J'VAIS PAS TE LAISSER FILER COMME ÇA !
...VOUS... VOUS N'AVEZ PAS LE DROIT DE FAIRE ÇA...

TE DÉBATS PAS ET J'FERAI ÇA DOUCEMENT, COMME TU AIMES...
ALORS ? QU'EST-CE QUE T'EN DIS...?
GH !!
!
BANG
AAAAÏÏÏEEE!!
BLAM !

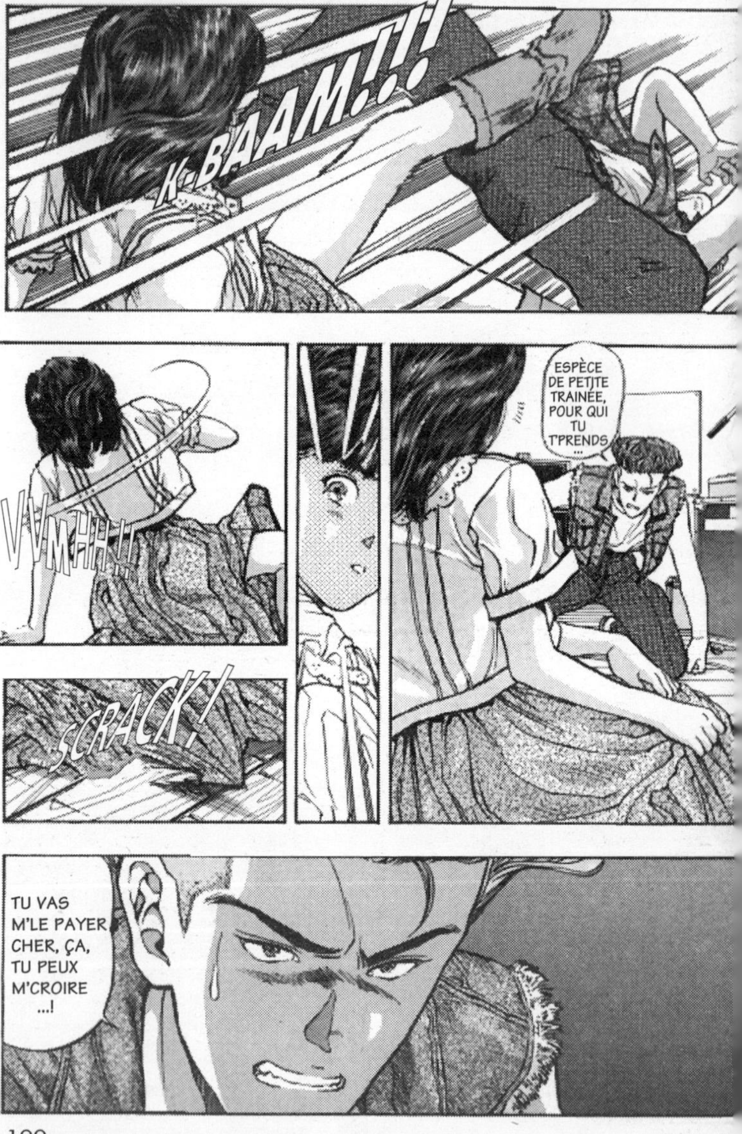
K-BAAM!!!
VVMHH!!
SCRACK!
ESPÈCE DE PETITE TRAINÉE, POUR QUI TU T'PRENDS ...
TU VAS M'LE PAYER CHER, ÇA, TU PEUX M'CROIRE ...!

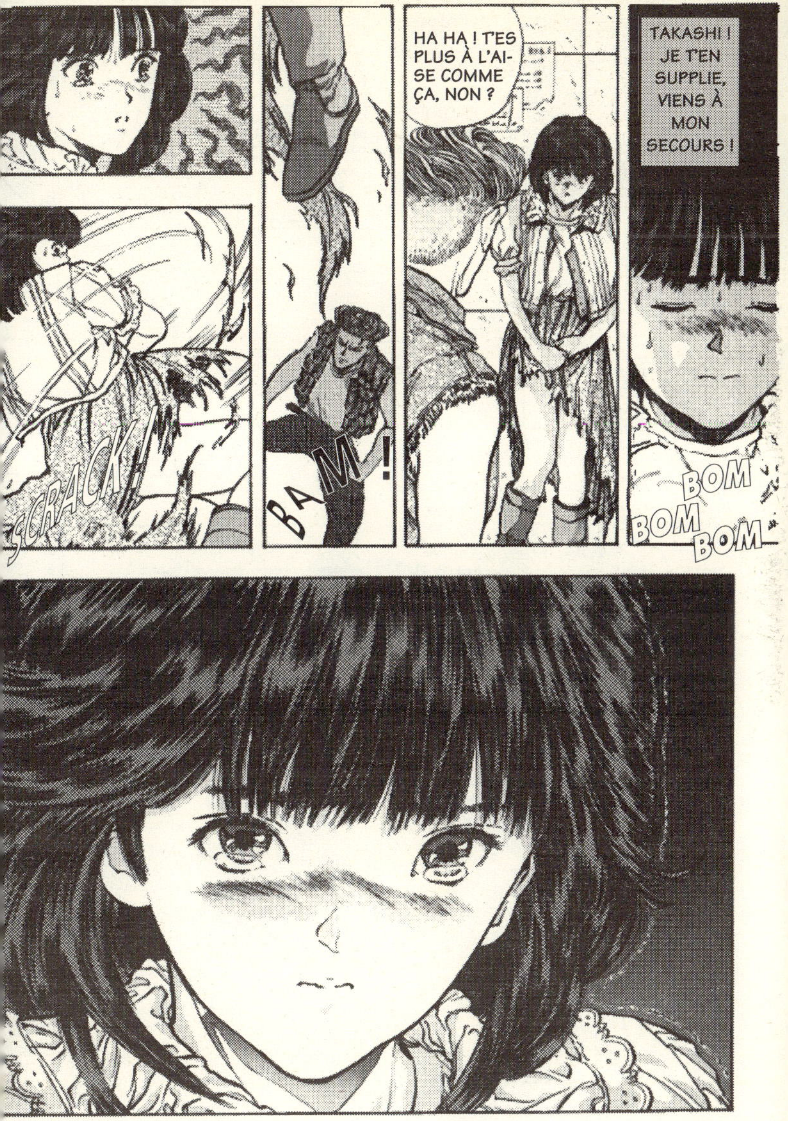
SCRACK !
BAM !
HA HA ! T'ES PLUS À L'AI-SE COMME ÇA, NON ?
TAKASHI ! JE T'EN SUPPLIE, VIENS À MON SECOURS !
BOM BOM BOM

ELLE M'A DIT QU'ELLE ALLAIT VOIR TAKASHI AU STUDIO DE RÉPÉTITION
DE PLUS, LA TEMPÊTE REDOUBLE DE VIOLENCE...! CE QUI M'INQUIÈTE LE PLUS, C'EST QUE NOUS NE SAVONS PAS VRAIMENT OÙ ELLE EST PARTIE !
CERTAINS TRAINS ONT ÉTÉ ANNULÉS... DÉCIDEMENT, MA FILLE N'EST PAS TRÈS SÉRIEUSE !!
NE VOUS INQUIÉTEZ PAS, JE VAIS PARTIR TOUT DE SUITE À SA RECHERCHE !
...MERCI BEAUCOUP, C'EST VRAIMENT GENTIL DE TA PART !
JE VOUS RAPPELLE DÈS QUE J'AI DU NOUVEAU
VOILÀ... J'AI TÉLÉPHONÉ, COMME TU LE SOUHAITAIS
ELLE EST PARTIE IL Y A PRESQUE UNE HEURE...
ET... TU VEUX TOUJOURS ALLER À SA RECHERCHE ...?
TAKASHI M'A MENTI... IL M'A DIT QU'IL N'AVAIT PAS APPELÉ MOÉMI...
JE NE COMPRENDS PLUS RIEN À TOUTE CETTE HISTOIRE... ALORS, JE DOIS TIRER LES CHOSES AU CLAIR...

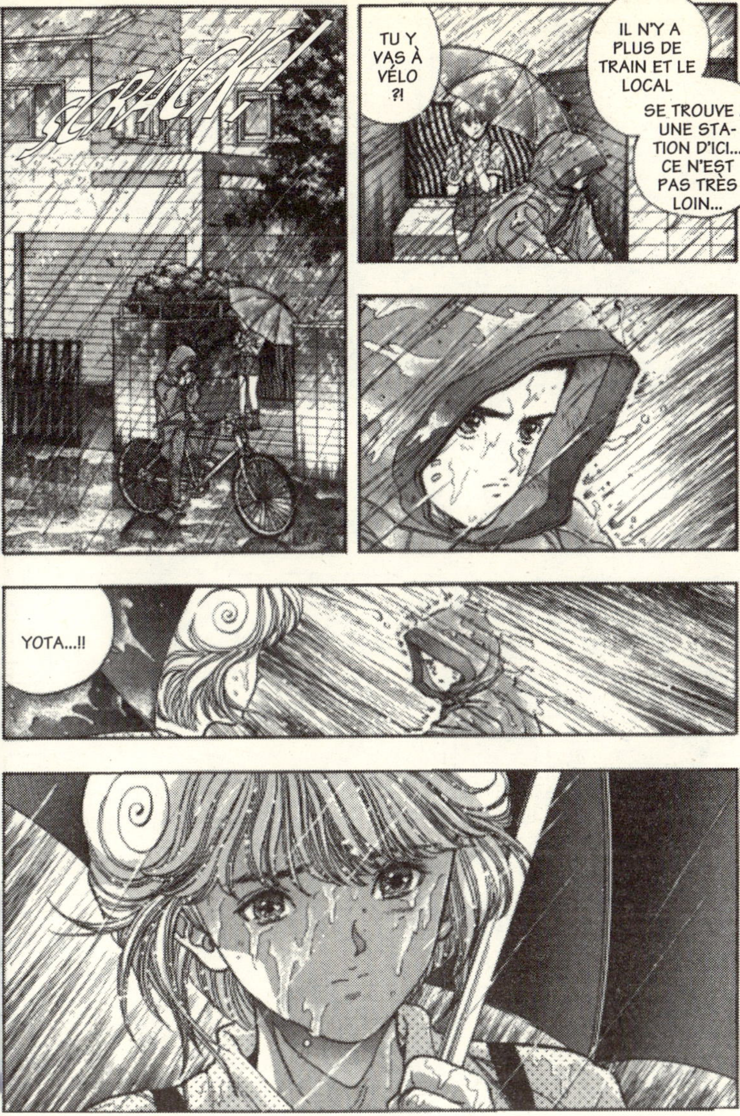
SCRACK!
TU Y VAS À VÉLO ?!
IL N'Y A PLUS DE TRAIN ET LE LOCAL
SE TROUVE À UNE STATION D'ICI... CE N'EST PAS TRÈS LOIN...
YOTA...!!

MAIS... TU PLEURES OU QUOI ?!
NON, VOYONS ! C'EST JUSTE LA PLUIE...!
FAIS BIEN ATTENTION À TOI
MM...
VLAF !
VOM !

VVSHH !!
C'EST VRAIMENT UN GARÇON SERVIABLE ET PLEIN DE CŒUR... PRÊT À BRAVER LA TEMPÊTE POUR AIDER QUELQU'UN... MAIS, CETTE FOIS-CI, J'AI VU SUR SON VISAGE UNE EXPRESSION QUE JE N'AVAIS JAMAIS VUE AVANT...
EST-CE QUE POUR MOI IL AURAIT PU BRAVER LA MÊME TEMPÊTE...?
NON ! AU SECOURS !!
HÉ HÉ HÉ !
ENLÈVE TA VESTE, QUE J'VOIS LA MARCHANDISE ? J'CONSOMME JAMAIS SANS VOIR UN MINIMUM ! ET ARRÊTE DE BRAILLER J'SUIS SÛR QU'TU VAS AIMER !!

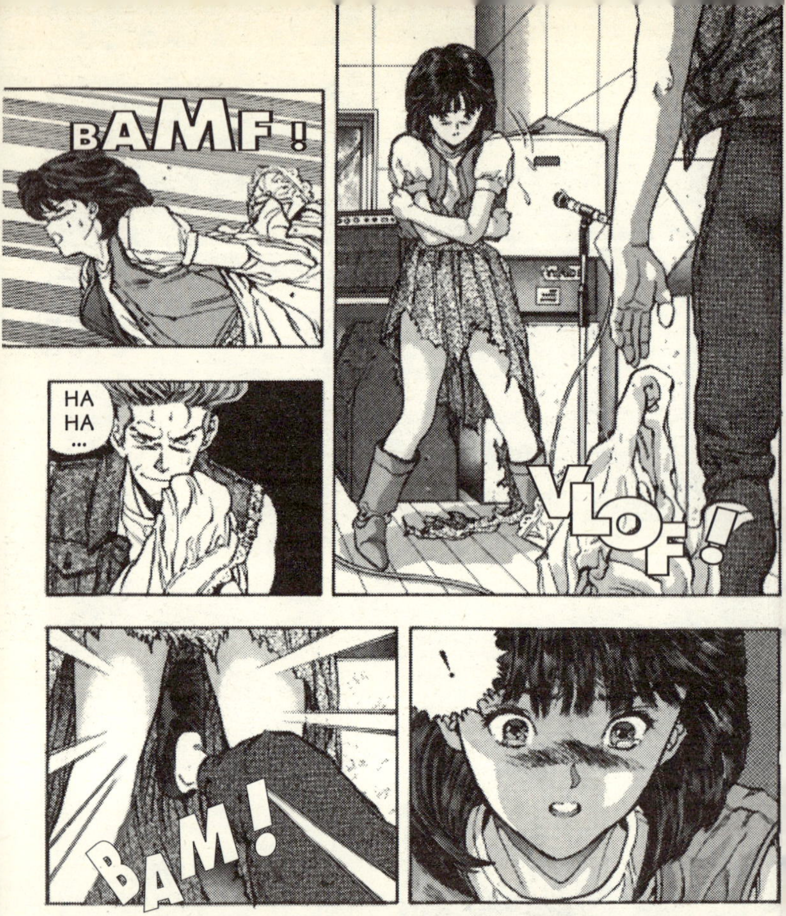
BAMF !
HA HA ...
VLOF !
BAM !
!
ET BAH, ALORS ? QU'EST-CE QUE T'AS ?
POURQUOI TU M'RÉSISTES PLUS ? T'ES TOMBÉE SOUS L'CHARME, OU QUOI ? HA HA HA !!

VVVMHH!!
TAN
!
AAAHH !!
SCHBOM!
EH... TU... TU CROIS QU'ELLE EST MORTE ?!
PAUV'NAZE ! TU VOIS BIEN QU'ELLE EST JUSTE ÉVA-NOUIE !

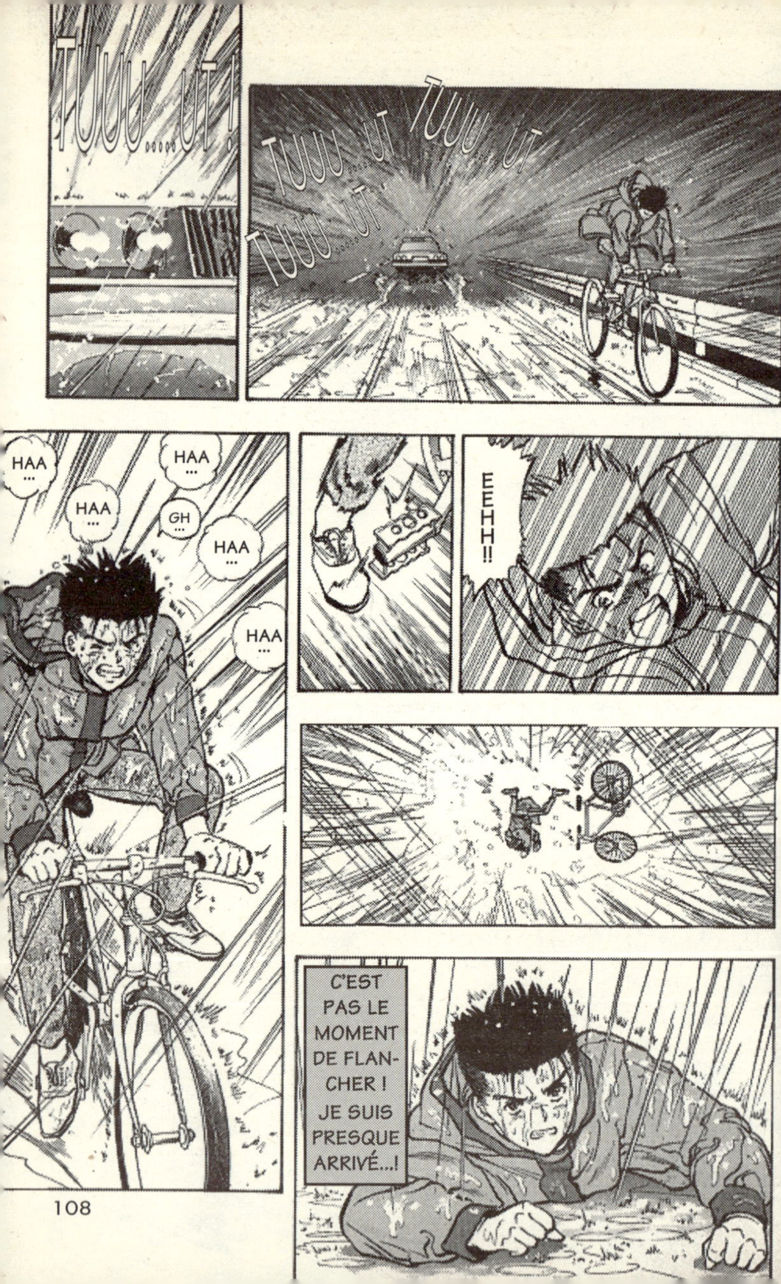
TUUU......UT !
TUUU......UT
TUUU......UT
TUUU......UT
HAA...
HAA...
HAA...
GH...
HAA...
HAA...
EEHH!!
C'EST PAS LE MOMENT DE FLANCHER ! JE SUIS PRESQUE ARRIVÉ...!

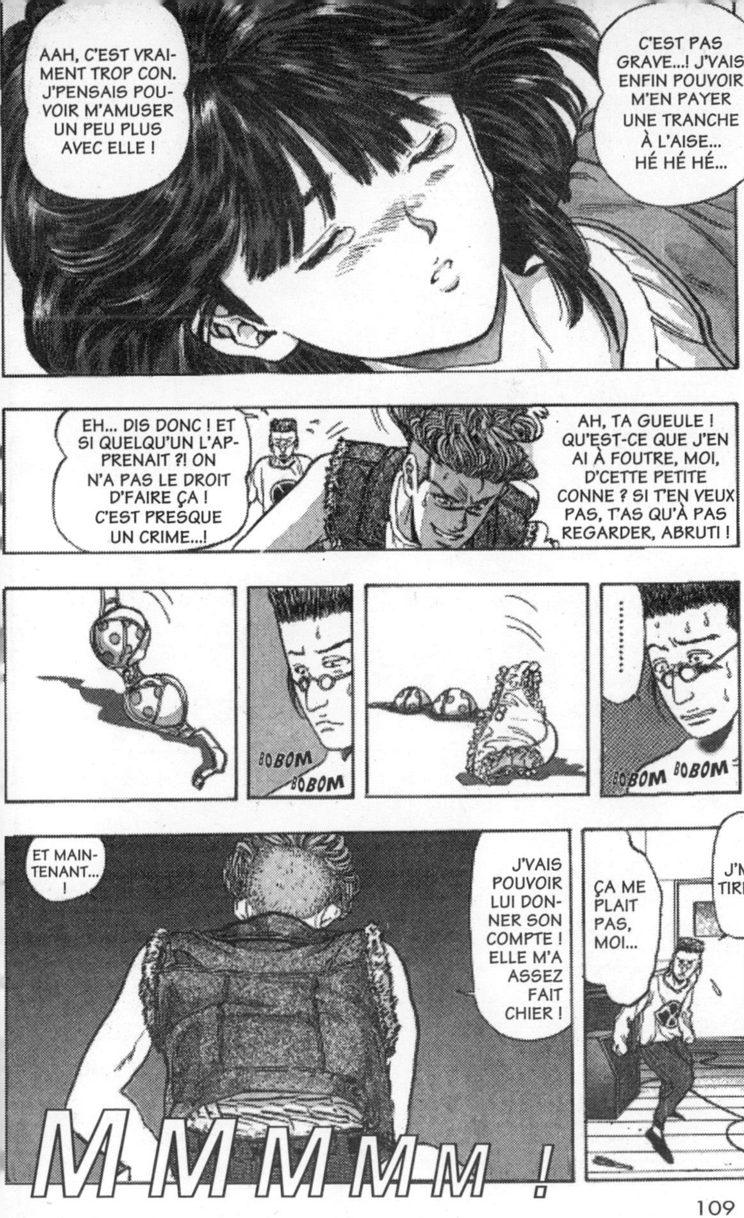
AAH, C'EST VRAIMENT TROP CON. J'PENSAIS POUVOIR M'AMUSER UN PEU PLUS AVEC ELLE !
C'EST PAS GRAVE...! J'VAIS ENFIN POUVOIR M'EN PAYER UNE TRANCHE À L'AISE... HÉ HÉ HÉ...
EH... DIS DONC ! ET SI QUELQU'UN L'APPRENAIT ?! ON N'A PAS LE DROIT D'FAIRE ÇA ! C'EST PRESQUE UN CRIME...!
AH, TA GUEULE ! QU'EST-CE QUE J'EN AI À FOUTRE, MOI, D'CETTE PETITE CONNE ? SI T'EN VEUX PAS, T'AS QU'À PAS REGARDER, ABRUTI !
BOBOM
BOBOM
....
BOBOM BOBOM
ET MAINTENANT... !
J'VAIS POUVOIR LUI DONNER SON COMPTE ! ELLE M'A ASSEZ FAIT CHIER !
MMMMMM !
J'ME TIRE...!
ÇA ME PLAIT PAS, MOI...

HAA...
HAA...
HAA...
HAA...
HAA...
HAA...
HAA...
HAA...
HAA...
HAA...
HAA...
ELLE DOIT SE MORFONDRE DEPUIS UNE HEURE DANS CETTE VIEILLE BARAQUE...
J'IMAGINE SA DÉCEPTION...!
QUAND JE VAIS LUI DIRE QUE TAKASHI NE VIENDRA PAS...
PAUVRE MOÉMI...
... QUOI ?!!

!
BLANG!!!
BOBOM
BOBOM
BOBOM
NON... ÇA... ÇA C'EST IMPOSSIBLE... PAS ELLE...!!!
MOÉMI ?!! MAIS... QU'EST-CE QUI S'EST PASSÉ ?!! C'EST IMPOSSIBLE... QUE...
LAISSE-MOI PARTIR ...!
NON... J'VEUX PAS D'ENNUIS AVEC LA POLICE...
TU VOUDRAIS M'FAIRE PORTER L'CHAPEAU ? C'EST RATÉ !
TU CROIS ALLER OÙ, DUCON ?!

J'AI PRÉVENU LA POLICE !! DANS CINQ MINUTES, ILS SONT LÀ ! ALORS, JE VOUS CONSEILLE DE RESTER TRANQUILLE !
!
DAN
KA
BLAM !
JE N'AI PRÉVENU PERSONNE, ALORS...
EN RÉALITÉ, J'AI COMMIS UNE GROSSE ERREUR...
PUTAIN D'BATARD ! C'EST COMME ÇA QU'IL NOUS R'MERCIE ?!
MAIS... J'T'AI DÉJÀ VU, TOI ! T'ES UN COPAIN D'TAKASHI !
EH !
JE N'AI RIEN FAIT ! JE L'JURE !!
TOI, J'TE CONSEILLE DE FERMER TA GUEULE SUR C'QUI S'EST PASSÉ ICI !
SINON, TON POTE TAKASHI, Y VA S'RETROUVER EN TAULE AVEC NOUS... T'AS COMPRIS ?
HEIN ?!!

MAIS... QU'EST-CE QUE TAKASHI A À VOIR LA DEDANS. ..?
DAN DAN DAN
DE TOUTES FAÇONS, T'INQUIÈTE PAS !!
ON N'A MÊME PAS EU L'TEMPS D'SE LA FAIRE LA NANA ! ALORS, LAISSE TOMBER !!
EH! ATTENDS-MOI DUCON!
C'EST IMPOSSIBLE...! TAKASHI EST INCAPABLE D'AVOIR FAIT UNE TELLE CHOSE !!
HAA
HAA
HAA
C'EST POUR ÇA QU'IL A DEMANDÉ À MOÉMI DE VENIR À LA RÉPÉTITION...! ET QU'IL A TOUT FAIT POUR M'EMPÊCHER D'ALLER LA RETROUVER...!
MAIS... POURQUOI ?!! POURQUOI A-T-IL FAIT ÇA ?!!

CHAPITRE 60

LE MÉPRIS

VUSCH!!
TAKASHI... POURQUOI ?!!

TOI, J'TE CONSEILLE DE FERMER TA GUEULE SUR C'QUI S'EST PASSÉ ICI !
SINON, TON POTE TAKASHI, Y VA S'RETROUVER EN TAULE AVEC NOUS... T'AS COMPRIS ?!
N'Y VA PAS...
POURQUOI A T-IL TANT INSISTÉ...?
POURQUOI ?!!
NON... IL A BLUFFÉ POUR QUE JE NE DISE RIEN À LA POLICE...
JE NE POURRAI JAMAIS CROIRE QUE TAKASHI PUISSE FAIRE UNE CHOSE AUSSI MONSTRUEUSE...
IL NE FAUT PAS QUE TU Y AILLES...
SI C'EST LA VÉRITÉ, JE NE POURRAI JAMAIS LE DIRE À MOÉMI !

BOBOM!
BOBOM!
BOBOM!
BOBOM!
BOBOM!
BOBOM!

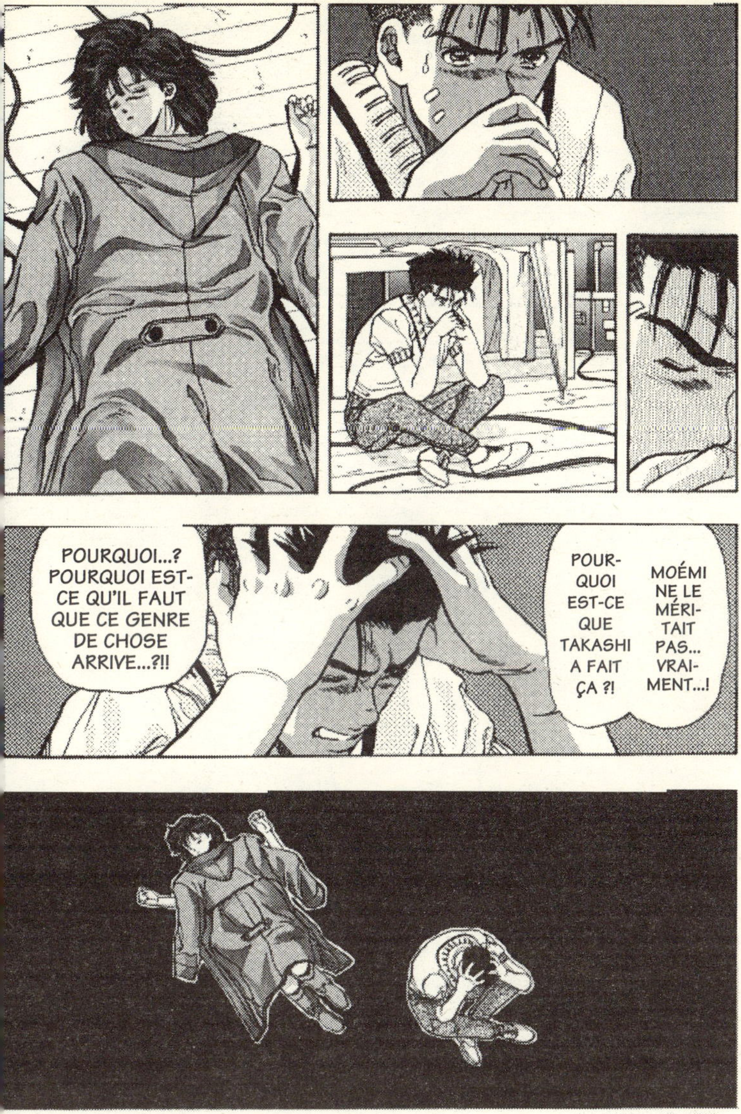
POURQUOI...? POURQUOI EST-CE QU'IL FAUT QUE CE GENRE DE CHOSE ARRIVE...?!!
POUR-QUOI EST-CE QUE TAKASHI A FAIT ÇA ?!
MOÉMI NE LE MÉRI-TAIT PAS... VRAI-MENT...!

SCHHH...

IL FAUT QUE JE LA RAMÈNE CHEZ MOI... SI JAMAIS SA MÈRE LA VOYAIT DANS CETTE TENUE...
!

BO-BOM !!
BO-BOM !!
QU'EST-CE QUI S'EST PASSÉ ....?
MAIS ...
SCHHH...
...COM-MENT ? TU N'EN SAIS RIEN ?
C'EST PEU DE CHOSE. ..

... MOÉMI A JUSTE FAILLI SE FAIRE VIOLER PAR DEUX VOYOUS !!
....
FLATCH!
FLITCH!
FLATCH!
FLITCH!
FLITCH!
LAISSE-MOI M'OCCUPER D'ELLE ...
!
PLUS JAMAIS ...! TU M'ENTENDS ...?

TOUTES CES BELLES PAROLES...! TU M'AS DIT QUE TU ALLAIS L'AIMER SINCÈREMENT !!
COMMENT TU EXPLIQUES CE QUI S'EST PASSÉ ? HEIN, TAKASHI ?!!
COMMENT TU EXPLIQUES CE QUI EST ARRIVÉ À MOÉMI ?!!
HEIN ?! TAKASHI !!!

SON CORPS EST INTACT, MAIS SON ESPRIT EST SÛREMENT BIEN ATTEINT, TU PEUX ME CROIRE ...
SCHHH...
......
ILS M'ONT DONNÉ TON NOM...!
CEUX QUI ONT FAIT ÇA... ILS TE CONNAISSAIENT...
TAKASHI !! QU'EST-CE QUE ÇA VEUT DIRE ?!!
DIS-MOI QUE...
NON ...
......

TA-KA-SHI !!
TA-KA-SHI ...
DIS-MOI QUE TU N'AS RIEN À VOIR DANS CETTE HISTOIRE ! QUE TU ES VRAIMENT INNOCENT ...!
EH !!
MAIS... DIS-MOI QUELQUE CHOSE !
MERDE !!!
TA-KA-SHI ...!
ET BIEN ...
SI JA-MAIS ...
S'IL TE PLAIT... DIS-MOI QUE CE N'EST PAS VRAI...

"ET BIEN..." QUOI, TAKASHI ? DIS-MOI ! N'HÉSITE PAS !
MÊME SI TU NE T'ES PAS BIEN COMPORTÉ VIS-À-VIS DE MOÉMI, SI TU N'ES PAS LE COMPLICE DE CES GARÇONS, MOÉMI SERA SAUVÉE...
IL FAUT QUE TU ME DISES QUE TU N'AS PAS TRAHI MOÉMI... S'IL TE PLAIT...!
ILS ONT ...
ILS ONT JUSTE PRO-NONCÉ MON NOM ?
SCHHH... HHH...
ILS N'ONT RIEN DIT D'AU-TRE...?
QUOI ?! TU N'AS RIEN D'AU-TRE À DIRE ?!
C'EST TOUT ?!!

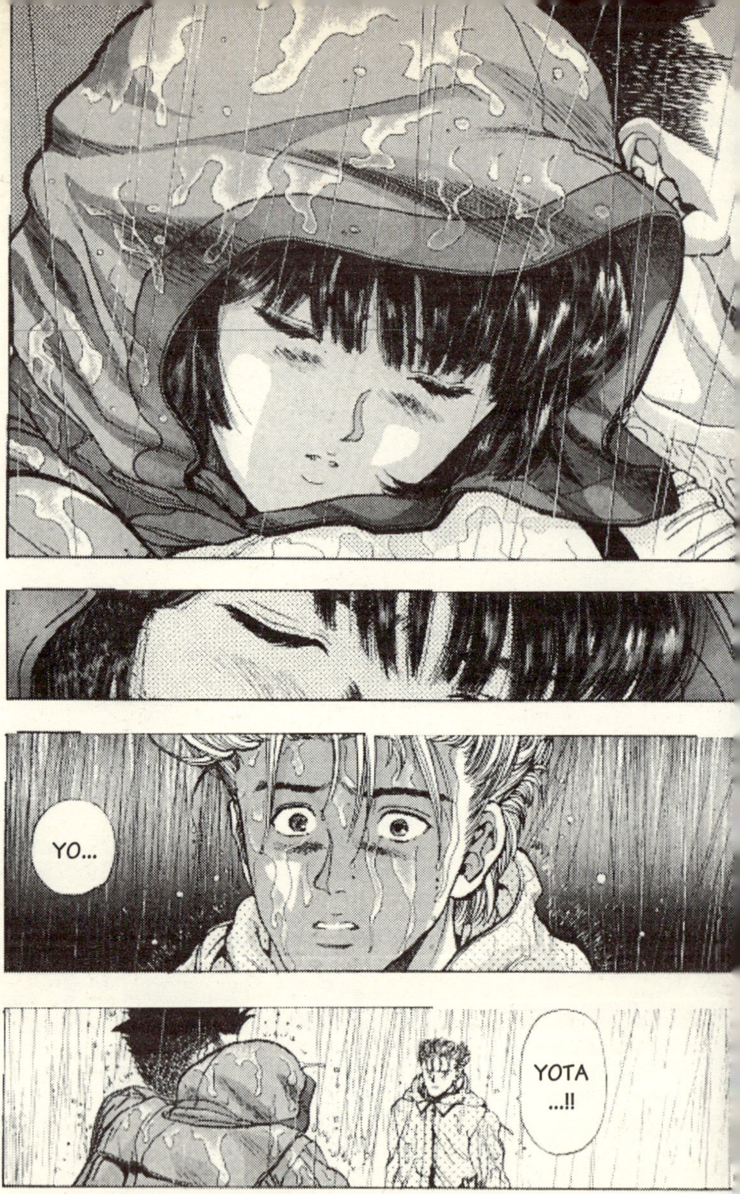
YO...
YOTA ...!!

TU N'AS VRAIMENT RIEN D'AUTRE À DIRE ? ...POUR MOÉMI ...?!!

SCHHH...
JE TE MÉPRISE ...!!
VRAI-MENT... VRAI-MENT...
....

TAKASHI... TU ES VENU... TU ES VENU POUR ME SAUVER...
EN-FIN ...!
SCHHH...

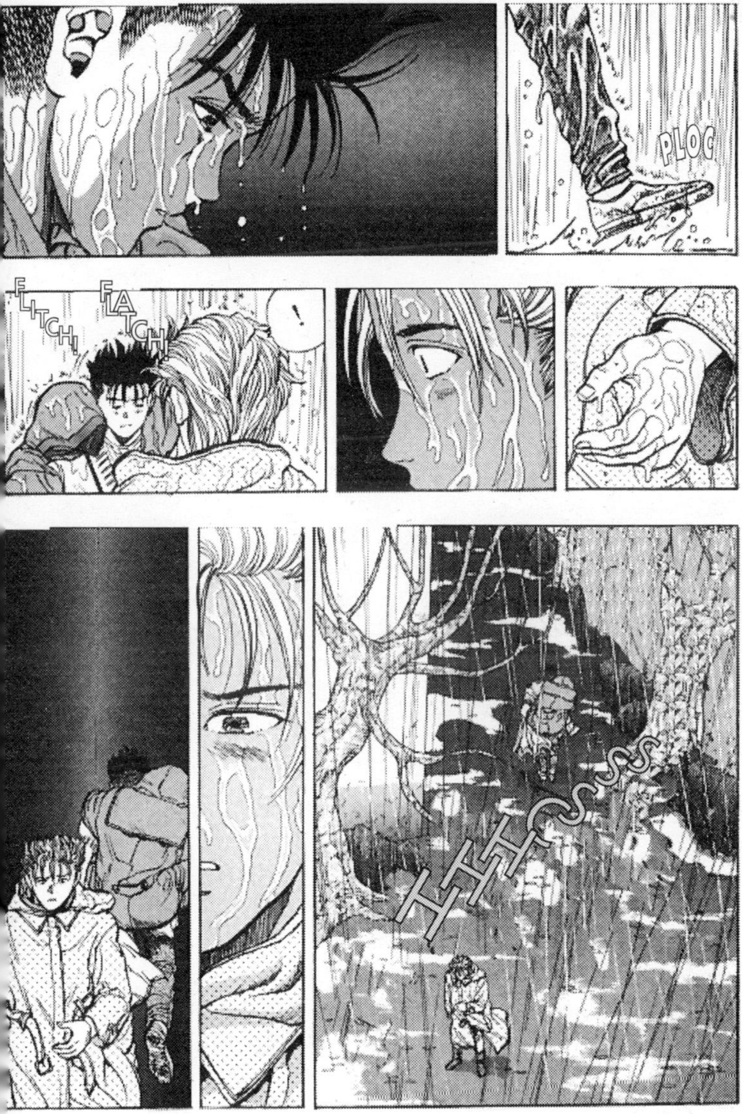
PLOC
FLITCH!
FLATCH!
!
HHHCSSSS

CHAPITRE 61

LA DÉCISION

SCHHH...
OUI... D'ACCORD... MAIS IL FAUT QUE TU RÉSERVES LA CHAMBRE TOUT DE SUITE...
OUI, OUI... NE T'INQUIÈTE PAS, JE T'EXPLIQUERAI TOUT À L'HEURE...
TCHAO ...
CLAC
NTT
....

BRROM!
HOTEL PROLOG
MMM MMM!
....

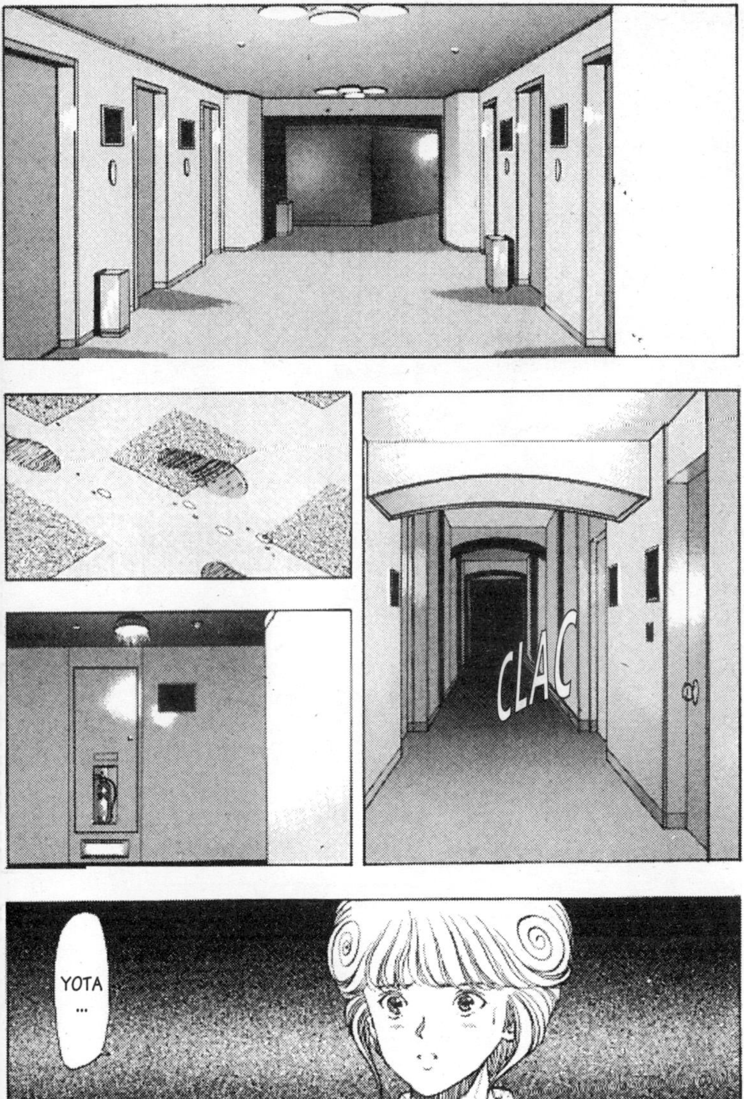
CLAC
YOTA ...

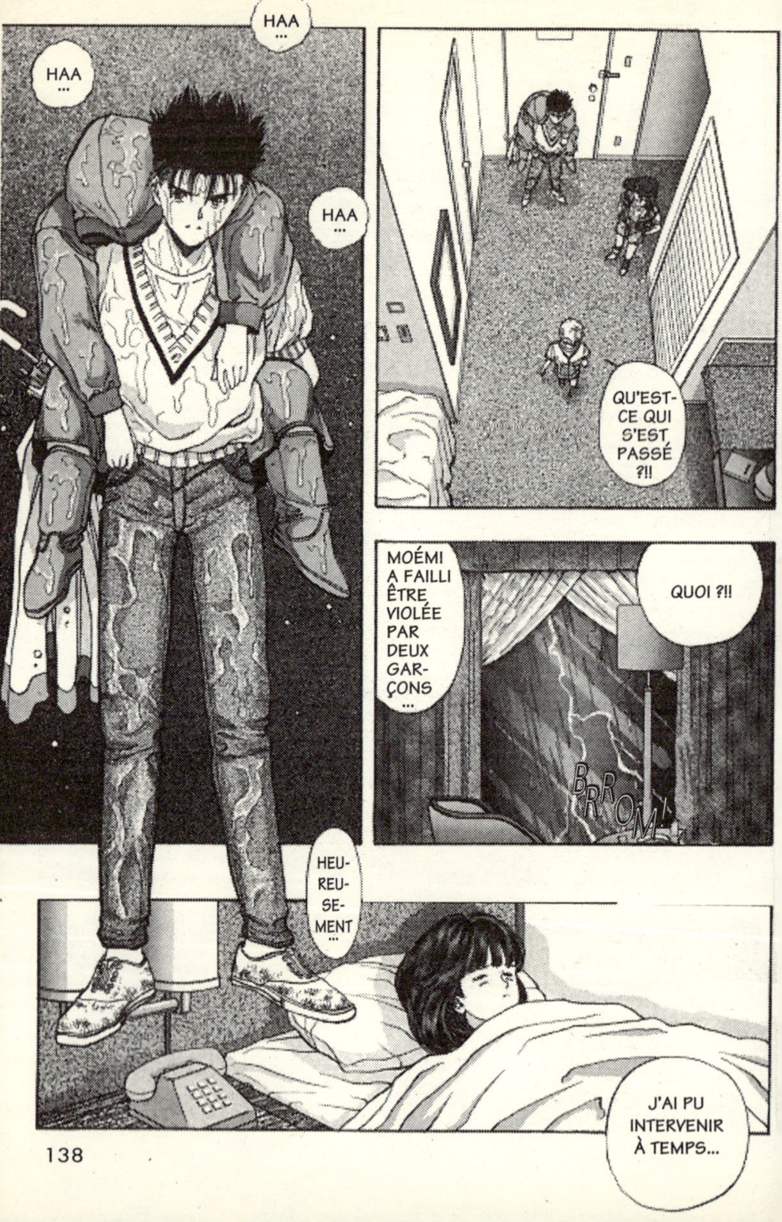
HAA...
HAA...
HAA...
QU'EST-CE QUI S'EST PASSÉ ?!!
MOÉMI A FAILLI ÊTRE VIOLÉE PAR DEUX GARÇONS...
QUOI ?!!
BRROM !
HEUREUSEMENT...
J'AI PU INTERVENIR À TEMPS...

COMMENT EST-CE QU'UNE TELLE CHOSE A PU ARRIVER ?
....
SI ELLE NE SAIT PAS QUE C'EST TOI QUI L'A SAUVÉE, NE LUI DIS PAS...
SI ELLE APPREND QUE TU L'A VUE DANS CET ÉTAT... ELLE RISQUE D'ÊTRE ENCORE PLUS CHOQUÉE...
EN PLUS, T'ES UN GARÇON, ET VOUS ÊTES AMIS...
......
C'EST VRAI... TU AS RAISON...

AH... OUI...
D'ACCORD ?
C'EST LE NUMÉRO DE TÉLÉPHONE DE CHEZ SA MÈRE. APPELEZ-LA POUR LUI DIRE QUE TOUT VA BIEN...
NON... C'EST INUTILE...
EH ! SI ON ALLAIT LEUR CASSER LA GUEULE AUX DEUX MECS QUI ONT FAIT ÇA ?!
VLAM !!
RESTEZ LÀ, ET OCCUPEZ VOUS BIEN D'ELLE !
......
ÇA, C'ÉTAIT PLUS QU'UN ORDRE...!

C'EST NORMAL ... IL EST AMOUREUX D'ELLE
....

AH
EH
OÙ EST TAKA-SHI ?
IL EST DÉJÀ PARTI...?
?
... OUI ...!
DOM-MA-GE...
J'AURAIS PRÉFÉRÉ QU'IL RESTE UN PEU PLUS AVEC MOI...

JE T'AI FAIT COULER UN BAIN, SI TU VEUX TE DÉTENDRE UN PEU...
AH... MERCI ...
EH ! ÇA VA ?!!
MOÉMI... SI TU AS BESOIN DE SOUS-VÊTEMENTS DE RECHANGE, JE PEUX TE PRÊTER LES MIENS ...
D'ACCORD.. MERCI...

CLAC !!!
MAIS... C'EST QUI TAKASHI ?
...C'EST SON PETIT AMI...
AH BON ?! ALORS, C'EST POUR ÇA QUE TU LUI AS DIT QU'IL VENAIT JUSTE DE PARTIR...!
ELLE ÉTAIT QUAND MÊME UN PEU DÉÇUE... UN PETIT AMI QUI RENTRE CHEZ LUI DANS UNE TELLE SITUATION, C'EST UN PEU MINABLE... NON ?
C'EST VRAI... ELLE S'EN EST BIEN RENDU COMPTE
TU N'AURAIS PAS DÛ ÊTRE AUSSI DURE ! ELLE A DÉJÀ L'AIR BIEN ASSEZ MALHEUREUSE COMME ÇA !

JE N'AI PAS PU M'EMPÊCHER DE PENSER À YOTA... LUI AUSSI DOIT ÊTRE TRÈS MALHEUREUX
IL EST PARTI, DANS LA TEMPÊTE, SANS QUE JE RÉUSSISSE À L'EN EMPÊCHER... MAIS, SI IL N'ÉTAIT PAS PARTI, MOÉMI AURAIT ÉTÉ RÉELLEMENT... TRAUMATISÉE...
MOÉMI, ELLE, N'A JAMAIS EU D'YEUX QUE POUR TAKASHI... MALGRÉ TOUT CE QU'IL A PU LUI FAIRE SUBIR...
ET MAINTENANT, ELLE EST BIEN AVANCÉE... OÙ EST-IL ? IL NE SE SOUCIE MÊME PAS DE SAVOIR CE QUI LUI EST ARRIVÉ... !
BIM !
BIEN SÛR, ÇA NE SERVIRAIT STRICTEMENT À RIEN DE LUI MONTRER LES CHOSES SOUS CET ASPECT... C'ÉTAIT DONC MIEUX DE LUI DIRE QU'IL VENAIT JUSTE DE PARTIR...
HUM... TU DOIS AVOIR RAISON ...
....
PAR CONTRE ...

...SI YOTA APPRE-
NAIT DE QUELLE
MANIÈRE J'AI PRÉ-
SENTÉ LES
CHOSES À MOÉMI,
IL M'EN VOUDRAIT
SÛREMENT...
JE VOIS SURTOUT À QUEL POINT TOI TU ES AMOUREUSE DE YOTA...
JE VOIS ...

!
OÙ SONT MES SOUS-VÊTEMENTS ?!!
VOUP!
BOM
BOBOM
BOBOM
GH..!!

NOON !!
LAISSEZ-MOI ! JE VOUS EN SUPPLIE !!
SCHHH...

CINQ JOURS PLUS TARD...
TOUT VA BIEN, JE T'ASSURE ...!
C'EST GENTIL DE T'IN-QUIÉTER POUR MA SANTÉ, MAIS...
TANT MIEUX ...
TU SAIS ...
J'AI TOU-JOURS EU ENVIE QUE TU SOIS À MES CÔTÉS...

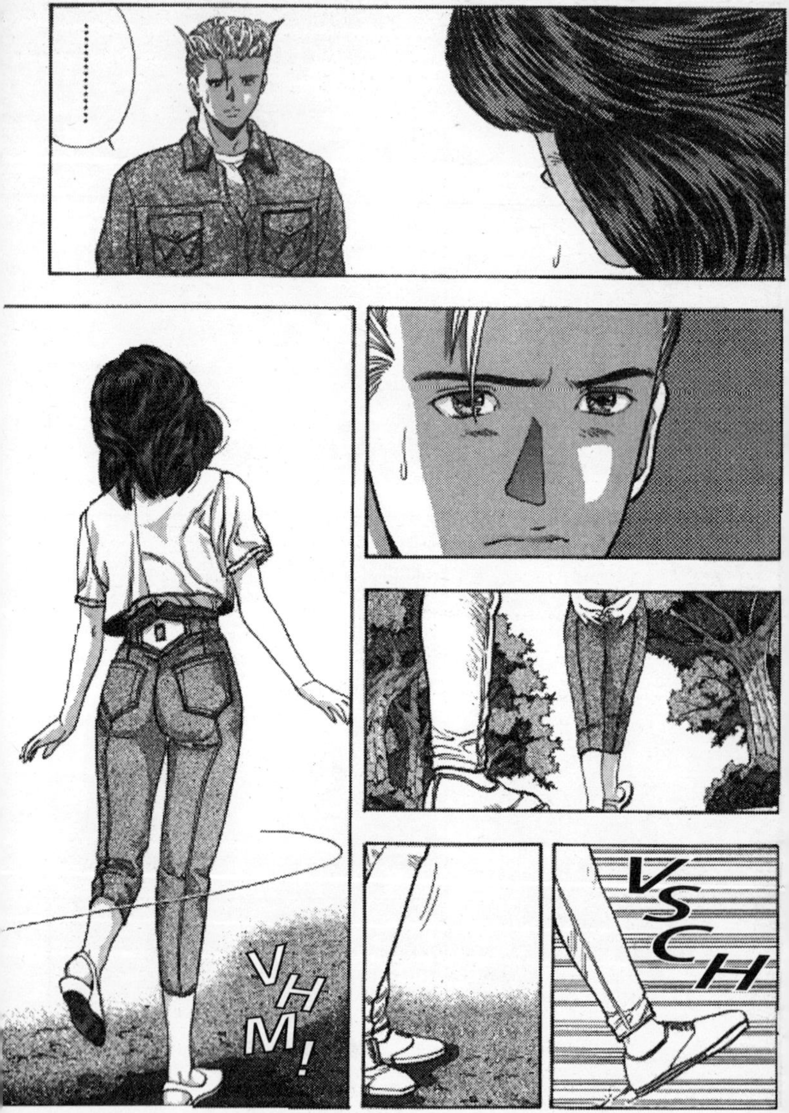
....
VHM!
VSCH

ATTENDS ! IL FAUT QUE JE TE PARLE !!
BAH !
PAF !
NON ...
LAISSE TOMBER...
EXCUSE-MOI ...

JE SENS QUE ...
...QUE C'EST DÉJÀ BIENTÔT LA FIN DE L'ÉTÉ...

CHAPITRE 62

TU N'ES VRAIMENT PAS COMME LES AUTRES

YOTA ! TU ES PRÊT ?!
BON...
ÇA N'A PAS L'AIR D'ALLER MIEUX...

YOTA ...
ÇA FAIT DEPUIS DEUX SEMAINES QUE TU N'AS PRESQUE PAS BOUGÉ DE TON LIT...!
JE N'AI VRAIMENT PAS ENVIE QUE TU REDOUBLES UNE SECONDE FOIS, MAIS JE NE PEUX PAS TE FORCER... C'EST À TOI DE DÉCIDER !
LA RÉPONSE ? LA RÉPONSE À QUOI ? QU'EST-CE QUE TU RACONTES ?!
JE SUIS DÉSOLÉ... MAIS, JE SENS QUE JE VAIS BIENTÔT TROUVER LA RÉPONSE...
... DÉSOLÉ ...

ÇA M'EMBÊTE D'INTERVENIR, MAIS JE CROIS QUE JE N'AI PAS BEAUCOUP LE CHOIX...
JE DOIS ABSOLUMENT FAIRE QUELQUE CHOSE...! SI JE LE LAISSE DANS CET ÉTAT, IL VA FINIR PAR DEVENIR DINGUE...
!
EH...! OH...!

HEIN ?
MAIS NON ! ICI !
HOP !!
VLOM !
SALUT !

DIS DONC...! QUELLE SUPER VUE !!
C'EST UN PETIT COIN QUE YOTA ET MOI AVIONS TROUVÉ AU DÉBUT DE NOTRE SCO-LARITÉ
TRÈS TRÈS PEU DE GENS CONNAIS-SENT CET ENDROIT...

NOUS VENIONS SOUVENT ICI, ET IL ME PARLAIT DE SES PEINES DE CŒUR...
À CETTE ÉPOQUE, IL AIMAIT DÉJÀ UNE FILLE ?
...EST-CE QUE JE LA CONNAIS ?
MAIS... OUI!
C'EST MOÉMI
AH BON ...?!
JE NE COMPRENDS PAS...! TU DEVRAIS LE SAVOIR...! À CETTE ÉPOQUE, TU ÉTAIS DÉJÀ AVEC YOTA !
C'EST QUE... J'AI DE LÉGERS TROUBLES DE MÉMOIRE... ALORS...
AH OUI ?!

RASSURE-TOI, AUJOURD'HUI, ÇA N'A PLUS AUCUNE IMPORTANCE !
JE VAIS ÊTRE FRANC ...!
JE ME SUIS SOUVENT POSÉ BEAUCOUP DE QUESTIONS À TON SUJET... JE N'ARRIVE PAS À SAVOIR QUEL TYPE DE FILLE TU ES...
MOI ? JE SUIS UNE VIDEO GIRL...!
UNE VIDEO GIRL ?! TU VEUX DIRE, UNE FILLE QUI JOUE DANS DES VIDEOS , DES TRUCS ÉROTIQUES ?!

DRRAANNG !
EH ! LES COURS VONT REPRENDRE !
POM...
DRRAANNG !
MOI, JE SUIS BIEN ICI...
MOI AUSSI ! IL FAIT TROP BEAU POUR ALLER S'ENFERMER !
BOM !
....

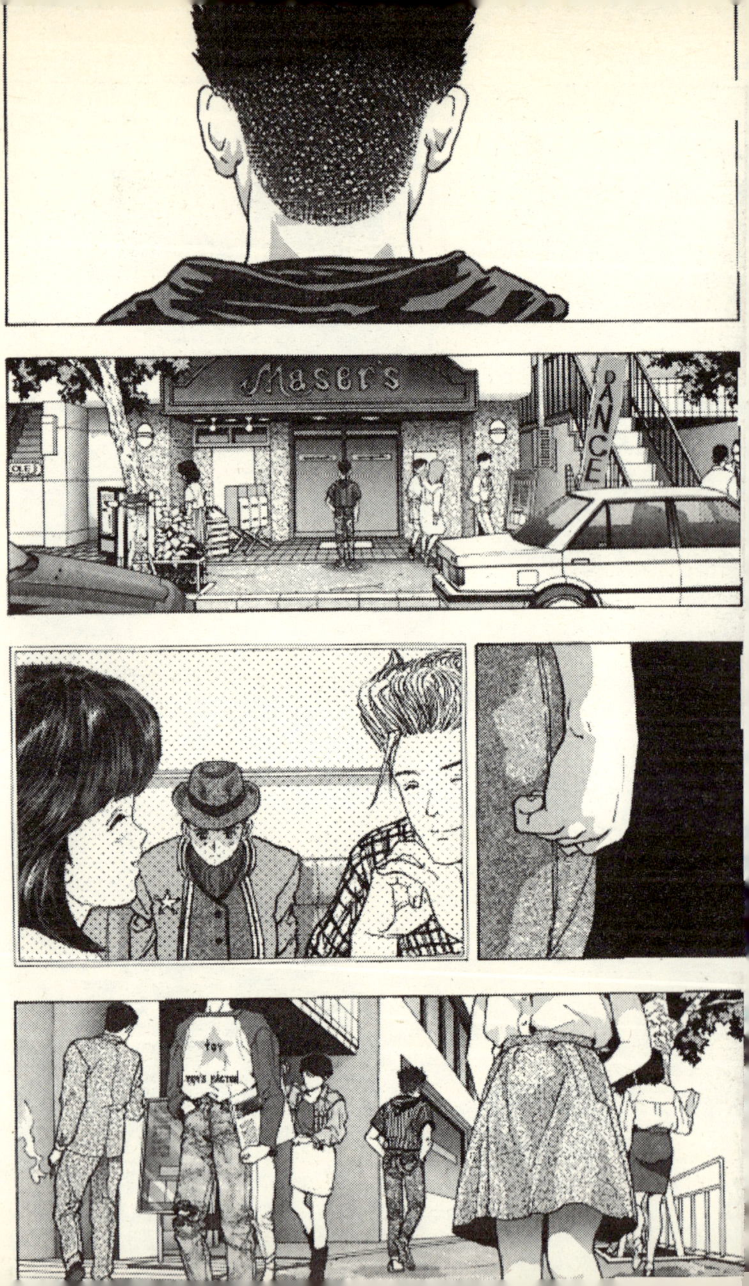
Maser's
DANCE

PISCINE
MEDIUM

ALORS ...?
BOBOM
GLURPS
?
BLMLML
ALORS QUOI ?!
VHM!
JE SAIS BIEN QUE SI TU ES RESTÉE ICI...
C'EST PARCE QUE TU AVAIS QUELQUE CHOSE À ME DEMANDER, NON ?
ET BIEN ... C'EST À PROPOS DE MOÉMI ...
!

ÇA NE M'ÉTONNE PAS...
QUE TOUT CELA T'INTRIGUE EST TRÈS LOGIQUE...
ALORS ...?
POF!
POF!
EST-CE QUE, OUI OU NON, TU VEUX SORTIR AVEC MOÉMI SÉRIEUSEMENT ?
....
... NON ...

SI C'ÉTAIT MA VRAIE RÉPONSE, QU'EST-CE QUE TU DIRAIS ?
JE TE DIRAIS DE LAISSER MOÉMI À YOTA TOUT DE SUITE ! COMPRIS ?!
EH BIEN ! TU NE MÂCHES PAS TES MOTS !
ET QU'EST-CE QUE TU PENSAIS QUE J'ALLAIS TE DIRE ?
QUELQUE CHOSE DANS LE GENRE : " FAIS BIEN ATTENTION À ELLE !" OU "MÉFIE-TOI DES GARÇONS QUI TOURNENT AUTOUR D'ELLE !"
N'OUBLIE PAS QUE, JUSQU'À PREUVE DU CONTRAIRE, JE SUIS TOUJOURS SON PETIT AMI ! ALORS, TU NE CROIS PAS QUE TU EXAGÈRES UN PEU ?!
QUOI ?! TU N'ES MÊME PAS ALLÉ À SON SECOURS LE JOUR DE LA TEMPÊTE !
YOTA A MILLE FOIS PLUS D'ATTENTIONS POUR ELLE QUE TOI !!

BIEN SÛR... YOTA ET MOÉMI ONT UN LIEN QUI À LA FOIS LES UNIT ET LES SÉPARE... CE N'EST PARFOIS PAS TRÈS CLAIR...
CE LIEN LES FAIT SOUFFRIR... ET ILS AURONT BESOIN DE TEMPS... C'EST UN MAL QU'ILS DEVRONT SUR-MONTER...
VHM!
!
ET MOI, TU PENSES QUE JE DEVRAIS TOUT ABAN-DON-NER...?

... JE SAIS CE QUE TU ESSAYES DE FAIRE...
TU ES VRAIMENT TRÈS COURAGEUSE ...
MAIS, TU SAIS, CE DONT SOUFFRE YOTA N'EST PAS UNIQUEMENT DÛ À MOÉMI...
?
TU SAIS, C'EST PARFOIS TELLEMENT DIFFICILE DE DIRE LES CHOSES... ET JE SAIS BIEN QUE TOUT SE SERAIT PASSÉ DIFFÉREMMENT SI MOI AUSSI J'AVAIS SU M'EXPRIMER ...

ON NE PEUT PAS SAVOIR... PEUT ÊTRE QUE LES CHOSES AURAIENT ÉTÉ PIRES...
MM...
TU SAIS ...
PAF! POF!
BON ! JE VAIS QUAND MÊME RETOURNER EN CLASSE ...!
ÇA NE VA PAS TE FACILITER LA TÂCHE...
SI JE ROMPS AVEC MOÉMI ...

TANT PIS ! AU FOND DE MON CŒUR, JE SENS SURTOUT À QUEL POINT YOTA A BESOIN DE MOÉMI...!
AÏ, JE SAIS, MOI, À QUEL POINT TU ES AMOUREUSE DE YOTA...
JE NE COMPRENDS PAS ! QUEL GENRE DE FILLE ES-TU ?!
MOI...? JE SUIS JUSTE UNE FILLE, C'EST TOUT...

JE VAIS DEVOIR REPARTIR À ZÉRO...
TOUS CES SOUVENIRS, TOUTES CES CHOSES QUE NOUS AVONS VÉCUES... JE VAIS DEVOIR LES EFFACER ...
ET ENSUITE, JE VAIS REPARTIR À ZÉRO...

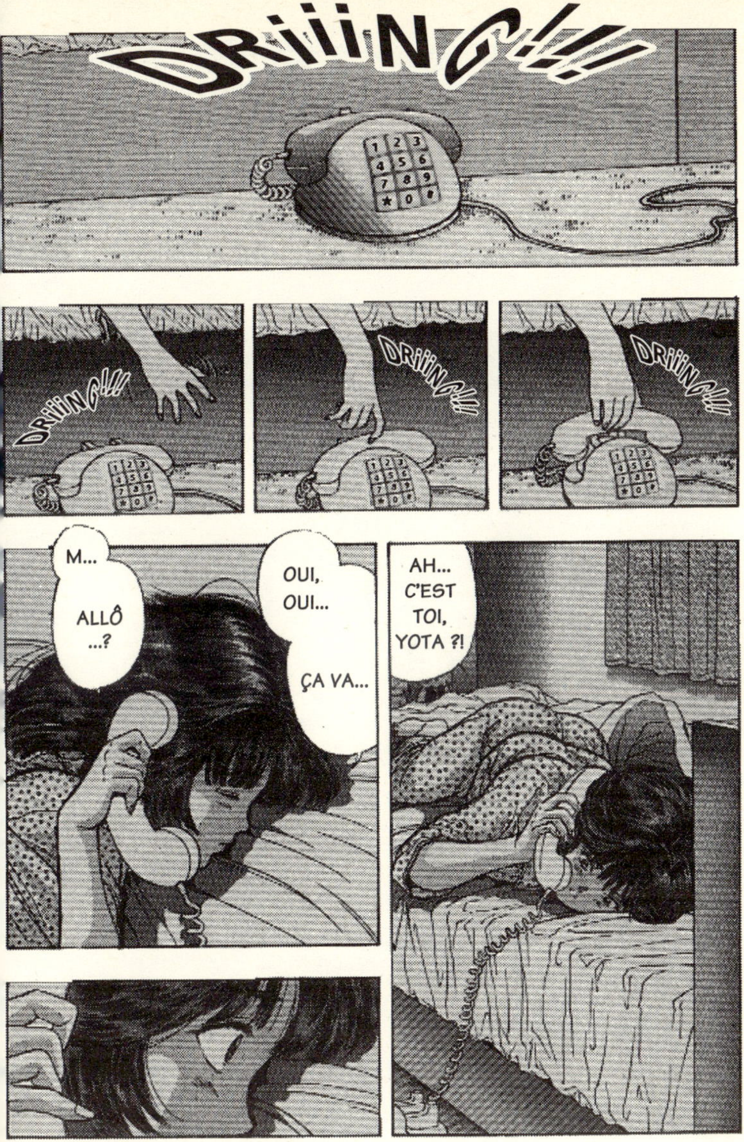
DRiiiNG!!!
DRiiiNG!!!
DRiiiNG!!!
DRiiiNG!!!
M...
ALLÔ ...?
OUI, OUI...
ÇA VA...
AH... C'EST TOI, YOTA ?!

CHAPITRE 63

JE NE TE RECONNAIS PLUS...

DAN DAN DAN
M
M...!
MOINS FORT...!
YOTA ?!
SBOF!

DAN
DAN
DAN
BAHM!
ÇA-Y-EST ?! TU T'ES ENFIN DÉCIDÉ À RETOURNER EN COURS ?!
....
TAN TAN TAN

C'EST BIEN ÇA ? TU AS DÉCIDÉ DE REPRENDRE LE CHEMIN DES ÉCOLIERS ?
NON, JE NE RETOURNERAI PAS EN COURS...
...MAIS... POURQUOI TU T'ES LEVÉ SI TÔT, ALORS ?
J'AI UN RENDEZ-VOUS...
QUOI ?!
OUI... J'AI RENDEZ-VOUS... ET AVEC MOÉMI !

EN TOUT CAS... IL A RETROUVÉ LE SOURIRE !
EST-CE QU'IL L'AURAIT ENFIN TROUVÉE, SA RÉPONSE ?
MAIS, YOTA... TU NE PEUX PAS AVOIR RENDEZ-VOUS... NOUS AVONS TOUS COURS AUJOURD'HUI !
M'EN FOUT !
J'AI DÉCIDÉ DE NE PLUS SOUFFRIR INUTILEMENT !
....
TU LIS DES MAGAZINES DE MODE, MAINTENANT ...?!
BAF !

J'EN LISAIS BEAUCOUP... AVANT...!
AU FOND, J'AIME BIEN LIRE CE GENRE DE MAGA-ZINES...
J'AI DÉCIDÉ DE TOUT RECOM-MENCER À ZÉRO...!
JE VAIS REVENIR EN ARRIÈRE DANS MON PASSÉ, ET EFFACER TOUT CE QUE J'AI PU VIVRE JUS-QU'À AUJOUR-D'HUI !
MAIS... QU'EST-CE QUE TU VEUX DIRE PAR LÀ ?!
SI JE RECOM-MENCE DEPUIS LE DÉBUT...
PEUT-ÊTRE QUE JE POUR-RAI AUSSI T'EFFACER DE MA MÉ-MOIRE...
QUOI ?!

YOTA ! TU ES SÛR QUE TU VEUX Y ALLER ?
TU ES SÛR QUE MOÉMI ET TOI ÇA POURRAIT MARCHER ?
... OUI ... BIEN SÛR ...
EH, ATTENDS UN PEU ! TU NE CROIS PAS QUE TU VAS UN PEU VITE EN BESOGNE ?! TU OUBLIES UNE CHOSE !
ELLE EST ENCORE LA PETITE AMIE DE TAKASHI !!
ET ALORS ?!
TU N'AS JAMAIS VRAIMENT DONNÉ UNE CHANCE À TAKASHI !!

UNE CHANCE ?! À UN SALAUD QUI SE MOQUE OUVERTEMENT DU CŒUR DE SA PETITE AMIE ?!
SALAUD ?! COMMENT PEUX-TU DIRE UNE CHOSE PAREILLE DE TON MEILLEUR AMI ?
UN AMI, ÇA...?
UN MINABLE, OUI...
YOTA ...!
VRAIMENT... JE NE TE RECONNAIS PLUS...

MAIS …
IL A TRAHI MOÉMI…!!
LE SALAUD …!
…CE DONT SOUFFRE YOTA N'EST PAS UNIQUEMENT DÛ À MOÉMI…
MAIS ALORS, TU N'ES PAS SÛR ! PEUT-ÊTRE QUE TU TE TROMPES ?!
EST-CE QU'IL A AVOUÉ ?!
BIEN SÛR QUE NON !
C'EST COMME SI IL L'AVAIT VENDUE !!

ET BIEN, SI C'EST CE QUE TU PENSES INTIMEMENT... TU N'AS PLUS QU'À LE REJOINDRE... ET DÉFINITIVEMENT ! NE REVIENS PLUS ICI, COMPRIS ?!
VRAIMENT...? C'EST COMME ÇA QUE TU VOIS LES CHOSES ?
MAIS...!! YOTA...!!

IDIOOOOOT !!
QU'EST-CE QUE TU CROIS ?! QUE MOÉMI VA SÉCHER LES COURS POUR ALLER RETROUVER UN GARÇON QUI N'EST MÊME PAS SON PETIT AMI ?!
MAIS, TU RÊVES OU QUOI ?!
CLAC
PAUVRE IDIOT !!
T'AS VRAIMENT RIEN COMPRIS...!
QU'EST-CE QU'ILS ONT, À SE CHAMAILLER COMME DES GAMINS ...?

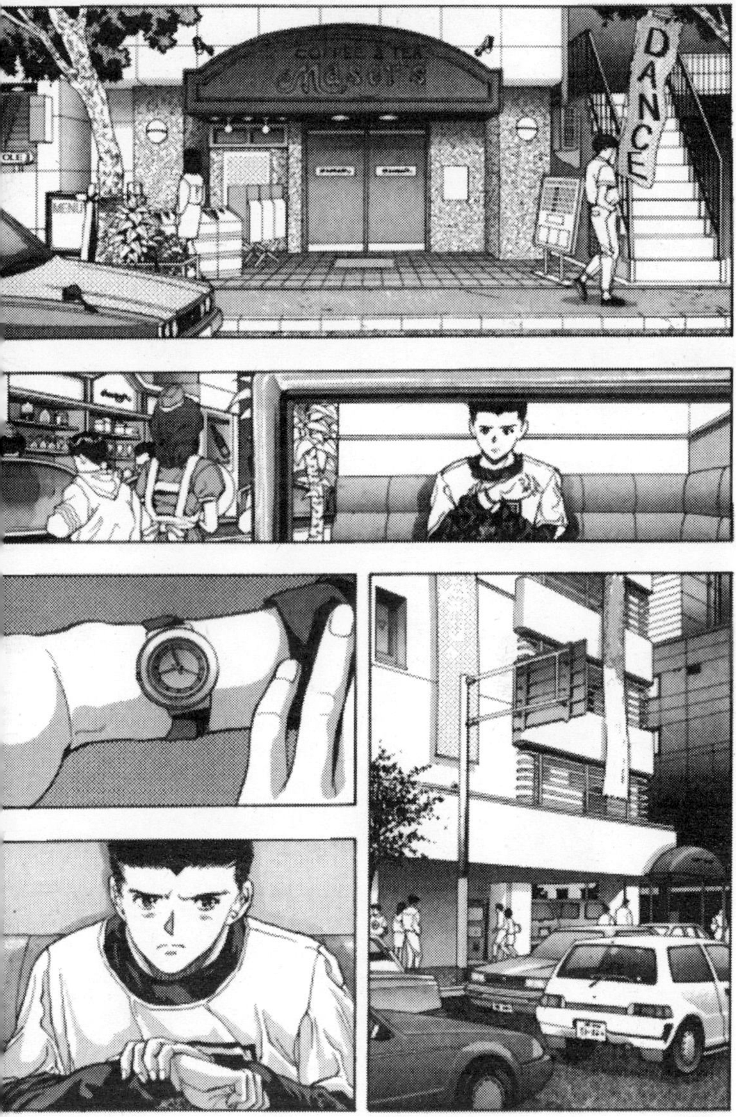
COFFEE & TEA
DANCE
MENU

JE T'AT-TENDS À NEUF HEURES, CHEZ MASER'S, OK ?
À NEUF HEURES ?! MAIS, YOTA...!
SALUT !

IL EST INTERDIT DE COURIR DANS LES COULOIRS!
EH ! AÏ !!
AH ...!!

QU'EST-CE QUE ÇA VEUT DIRE "RECOMMENCER DEPUIS LE DÉBUT"...?
JE NE COMPRENDS PAS CE QUE YOTA A PU VOULOIR DIRE...
MOI NON PLUS, MAIS... IL AVAIT L'AIR TRÈS SÉRIEUX ! IL FAUT L'EMPÊCHER DE FAIRE UNE BÊTISE !!
... LE DÉBUT ...?
EN PLUS, IL EST SÛR QUE MOÉMI VA L'ÉCOUTER... SI JAMAIS ELLE NE REPOND PAS À SES AVANCES...
...JE SUIS SÛRE, MOI, QU'IL VA EN ÊTRE ENCORE PLUS MALADE !!
DE TOUTES FAÇONS, ILS NE SE VERRONT MÊME PAS ! MOÉMI EST EN COURS...!
AH ?!
JE L'AVAIS POURTANT PRÉVENU ! MOÉMI N'EST PAS LE GENRE DE FILLE À SÉCHER LES COURS !
EN FIN DE COMPTE, QU'ELLE Y AILLE OU PAS, IL SERA PERDANT DANS TOUS LES CAS...!

GÉNIAL !!
EH ! ON PEUT TOUJOURS DEMANDER À MOÉMI OÙ ILS AVAIENT RENDEZ-VOUS ET REJOINDRE YOTA LÀ-BAS !!
ELLE EST PEUT-ÊTRE PARTIE AUX TOILETTES...
2-B
NON... NON, ELLE N'EST PAS LÀ NON PLUS ...!
MAIS, ATTENDS...! JE ME DEMANDE SI...
!

ELLE N'EST PAS VENUE ...
QU'EST-CE QUE TU CROIS ?! QUE MOÉMI VA SÉCHER LES COURS POUR ALLER RETROUVER UN GARÇON QUI N'EST MÊME PAS SON PETIT AMI ?!
JE SAIS BIEN ! POUR CETTE RAISON, JE ME SUIS DIT QUE SI, MALGRÉ TOUT, ELLE ACCEPTAIT DE VENIR, TOUT SERAIT ENCORE POSSIBLE ENTRE NOUS... NOUS POURRIONS TOUT RECOMMENCER À ZÉRO...

FIN DU VOLUME 7

APPENDICE

COLLECTION D' IMAGES

NATSUMI

MOEMI

NOBUKO

MAÏ

NATSUMI

AÏ

MOÉMI

AÏ

•電影少女•
VIDEO-GIRL-AI

Aï

Aï

MAÏ

LE
MANGA
C'EST
AUSSI...

Video Girl Aï - VOLUME 7

First published in Japan in 1989 by SHUEISHA Inc., Tokyo.
French translation rights arranged with
SHUEISHA Inc.

ÉDITION FRANÇAISE :

BP 356 - 75526 Paris Cedex 11.

1ÈRE ÉDITION : MAI 1995
2ÈME ÉDITION : OCTOBRE 1995
3ÈME ÉDITION : DÉCEMBRE 1996

TRADUCTION : Natsuko KIDA
ADAPTATION : Frédéric GUYADER
LETTRAGE & MAQUETTE : Pierre-Yves PEREZ

Achevé d'imprimer en Décembre 1996
sur les presses de l'imprimerie
DARANTIÈRE à Quétigny (Côte d'Or).
Dépôt légal : Décembre 1996